南宮匠人

남궁장인

③

ORIENTAL FANTASY STORY & ADVENTURE

신현재 신무협 장편소설

dream
books
드림북스

남궁장인 3

초판 1쇄 인쇄 2016년 6월 23일
초판 1쇄 발행 2016년 7월 4일

지은이 신현재
발행인 오영배
기획 박성인
책임편집 편집부
제작 조하늬

펴낸곳 (주)삼양출판사 · 드림북스
주소 서울시 강북구 도봉로 173
대표 전화 02-980-2112 **팩스** 02-983-0660
편집부 전화 02-980-2116 **팩스** 02-983-8201
블로그 blog.naver.com/dreambookss
출판등록 1999년 3월 11일 제9-00046호.

ⓒ 신현재, 2016

ISBN 979-11-313-0603-1 (04810) / 979-11-313-0600-0 (세트)

드림북스는 (주)삼양출판사의 판타지 · 무협 문학 브랜드입니다.

남궁
장인

南宮
匠人

ORIENTAL FANTASY STORY & ADVENTURE

신현재 신무협 장편소설

3

dream
books
드림북스

목 차

第一章 남궁혁, 태양화리를 잡다　　　007

第二章 제갈화영과 화영방　　　043

第三章 환귀곡　　　101

第四章 마교의 이공자, 그리고 기연을 얻다　　　137

第五章 귀환, 그리고 달갑지 않은 손님　　　195

南宮一匠人

第一章

남궁혁,
태양화리를 잡다

　남궁혁은 그대로 객잔으로 돌아왔다. 모용청연을 이불 위에 눕히고 그는 기지개를 켰다.

　"아이구 삭신이야. 친구 하나 잘못 둬서 이게 무슨 고생이람."

　남궁혁이 어깨를 탁탁 두드리고 있자 모용청연이 눈을 떴다.

　"혀기야—, 어떠케 돼써—."

　"술 안 깼으면 자라."

　"어케 됐냐구—."

　"이겼다, 이겼어."

투덜거리면서도 남궁혁은 모용청연에게 제대로 이불을 덮어 주었다. 대체 뭐에 이겼다는지 알기는 하는 건지, 모용청연은 화사하면서도 녹녹하게 웃었다.

"잘해써—, 역시 혀기야……."

"나 잘하는 거 아니까 그만 자라. 어휴, 술 냄새."

남궁혁은 코끝에 풍기는 술 냄새에 손을 저으며 방을 나섰다.

객잔까지 모용청연을 업고 오느라 옷에 주향이 잔뜩 배어 있었다.

게다가 당허정과 대결을 하느라 땀을 뺐으니 좀 씻어야 할 듯했다.

점소이에게 뜨거운 물을 부탁한 후 욕탕에 들어간 남궁혁은 생각에 잠겼다.

단순한 암기 제작을 겨룬 것뿐이라 백호장의 실력을 다 엿본 건 아니었지만, 타인의 실력을 견식한 것은 남궁혁으로서도 꽤 긍정적인 경험이었다.

'다만 그 아저씨, 너무 당문에 매여 있는 게 흠이었지.'

당가에서 중요하게 여기는 장인이니 아마 사천 땅을 떠나 본 적도 없지 않을까?

자기 실력을 가다듬는 것도 중요하지만 타인의 실력을 보며 견문을 넓히는 것 역시 중요할 텐데.

남궁혁은 조금 아쉬웠다. 그만한 실력자가 계속 한 가문에 묶여 있어야만 한다는 게.

'그러니까 속이 좁아지지.'

당허정이 내준 세 번째 과제를 생각하며 남궁혁은 욕탕에서 일어났다.

뜨거운 물이 남궁혁의 단단한 몸 위로 주르륵 흘러내렸다.

"검기를 막아 내는 보물이라."

그는 욕조의 뜨거운 물을 보며 미간을 찌푸렸다.

이미 그런 보물을 알고 있었다. 바로 태양화리의 비늘.

검기로는 실금 하나 낼 수 없는 그 비늘이라면 분명 당허정의 요구에 걸맞을 것이다.

하지만 남궁혁의 실력으로는 아직 그것을 잡을 수 없다.

게다가 모용청연과 함께 태양신궁까지 가는 것도 망설여졌다.

태양화리를 잡는 것은 몰래 행해져야 했다. 그곳은 태양신궁의 영역이니까.

그들 영역의 영물을 몰래 잡으려고 했다는 것을 들키면 태양신궁의 방해를 받는 선에서 끝나지 않을 것이다.

그런 곳에 가는데 모용청연처럼 이름이 알려진 이와 함께 가는 것은 썩 현명한 선택이 아니었다. 게다가 모용청연은 꽤 아름답기까지 했으니 주목받을 확률이 높았다.

남궁혁이 몸의 물기를 털고 나왔다. 아무래도 좀 생각을 해 봐야 할 듯싶었다.

이튿날.

모용청연은 언제 그렇게 끙끙 앓았나 싶을 정도로 말끔한 얼굴을 한 채 객잔의 식탁에 앉아 있었다.

"일어났어?"

"멀쩡하네."

"나 술 잘 마신다니까."

"허이구."

남궁혁은 혀를 차면서 자리에 앉았다. 그가 반대편에 자리를 잡자, 모용청연은 양손에 턱을 괸 채 물었다.

"그래서, 어제는 대체 어떻게 된 거야? 내가 잠든 이후에 어떻게 됐어?"

"네가 술 내기로 쓰러지고 나서―"

모용청연에게 어제 있었던 당허정과의 대결을 간략하게 들려주자 모용청연의 눈이 휘둥그레졌다.

그녀도 당허정의 명성에 대해서는 익히 알고 있었으니까.

자신을 위해 그렇게 쟁쟁한 명성의 장인과 대결을 벌였다니.

게다가 자신의 오랜 친구가 엄청난 실력을 가진 장인이라는 건 알고 있었지만, 그런 사람을 상대로 이기기까지 했다고?

"옛날부터 너한텐 도움만 받는 거 같네. 정말 고마워."

"별 소릴⋯⋯."

"내가 걱정돼서 일부러 당가에 같이 가 준 거 알아."

모용청연의 말에 남궁혁은 슬쩍 시선을 돌렸다. 이런 건 어쩐지 쑥스러웠다. 그저 친구로서 해야 할 일을 했을 뿐인데.

"아무튼, 마지막 내기를 해결하지 않으면 넌 꼼짝없이 그 공자의 아내가 되어야 할 텐데. 무슨 생각 없어?"

"으음⋯⋯ 검기를 이길 수 있는 보물이라."

모용청연은 생각에 잠겼다.

점소이가 음식을 내올 때까지 한참 동안 골몰하던 그녀는 남궁혁이 젓가락으로 잘 튀겨진 두부를 집어 들 때, 갑자기 아! 하며 박수를 쳤다.

"생각났어! 생각났어!"

"뭐가 생각나?"

"검기를 이길 수 있는 보물 말이야. 태양화리가 있어!"

남궁혁의 젓가락에서 튀긴 두부가 툭, 떨어졌다.

아니, 얘가 태양화리를 어떻게 알아? 설마 전생이랑은

달리 태양화리의 정보가 다 알려졌나?

남궁혁은 침을 꿀꺽 삼키고 젓가락을 내려놓았다.

"태양화리라니, 무슨 헛소리야?"

"예전에 책에서 봤어. 태양화리의 비늘은 너무 단단해서 검강이 아니면 자를 수가 없대."

안도의 한숨이 나왔다. 아무래도 정확히 알고 얘기하는 건 아닌 모양이었다.

"어디서 이상한 건 봐 가지고. 아서라, 야."

"그치만 난 검기가 안 통하는 보물을 구해야 한다고. 수소문해 보자. 응?"

"대결 중 한 번을 도와줬으면 됐지, 뭘 또 같이 하자고 그래? 게다가 만약 찾아도, 검기도 안 통하는 영물을 네가 어떻게 잡으려고?"

"찾기만 하면 방법은 있어. 빙속탄이 있거든."

모용청연은 자신 있게 말했다. 빙속탄? 남궁혁은 젓가락을 깨물었다. 아무래도 뭔가 생각하는 게 있는 모양이었다.

"그게 뭔데?"

"터트리면 주변을 얼어붙게 만드는 화탄이야. 태양화리는 불보다 뜨거운 물에서 사는 화기의 영물이잖아. 그러니까 차가운 것에는 약하지 않겠어?"

"그야 그렇겠지만, 검기도 안 드는 비늘이 있다는데 그게 먹히겠냐."

"먹이면 되잖아?"

"뭐?"

"태양화리의 입에 빙속탄을 던져 넣어서 차갑게 만드는 거야. 그러면 움직임도 둔해질 테고, 아무리 검기가 안 통한다고 해도 계속 때리면 충격이 쌓이지 않겠어? 그렇게 잡으면 되지."

남궁혁은 식탁을 두 손으로 팍 치고 자리에서 일어났다.

그래, 왜 그 생각을 못 했지?

태양화리는 뜨거운 물속에서 사는, 화기 그 자체인 영물이다.

그 단단한 비늘 때문에 잡기 어려운 점도 있지만 입에서 뿜어내는 그 열기 또한 만만치 않게 위협적인 것으로 알려져 있다.

한서불침(寒暑不侵)의 무인이라 해도 끓는 용광로와 같은 그 열기를 이겨 내는 건 쉽지 않은 일.

그러나 반대로 그 열기를 죽일 수만 있다면, 태양화리가 그렇게 위협적인 영물이 되지는 않는다.

"잠깐. 그렇게 뱃속에 냉기를 불어넣으면 안에 있는 내단이 상하잖아?"

"뭐 어때. 내단 같은 거 관심 없어. 검기가 안 통한다는 비늘만 있으면 되는걸."

"안 돼!"

"뭐가 안 돼? 내단이 상하면 안 된다고?"

남궁혁이 고개를 끄덕였다.

그 내단이 상하면 제갈화영을 구해 제 사람을 만든다는 계획이 어그러지고 만다고!

"그게 너랑 무슨 상관이야?"

"어, 그게…… 그런 귀한 내단이 상하면 아깝잖아."

"당장 태양화리가 어디 있는지도 모르는데 뭘."

"아, 하하. 그렇지. 생각해 보니 그러네."

남궁혁은 적당히 둘러댔다. 하지만 모용청연의 시선은 이미 심상치 않았다.

그녀는 수상쩍다는 듯 눈에 띄게 당황하는 남궁혁의 얼굴을 훑었다.

"그러고 보니 이상하다, 너? 보통이면 그런 비늘을 어디서 살 거냐고 할 텐데. 대뜸 어떻게 잡을 거냐고 묻고."

"내가 그랬었나?"

딴청을 피워 보았지만 이미 상황을 돌리기에는 늦은 듯했다.

모용청연의 눈이 사냥감을 찾은 고양이처럼 반짝였다.

"너 뭔가 아는 거지?"

젠장. 남궁혁이 입술을 씹었다. 내단이 상한다는 말에 순간 당황해 버린 탓이었다.

그냥 모른 척 모용청연을 보내고 그 방법대로 태양화리를 잡으러 갔으면 되는 건데!

"뭐야. 뭔데에—! 말해 봐. 나 못 믿어?"

"못 믿는 게 아니라⋯⋯."

"그런 거야? 못 믿는 거지? 에휴, 십 년 우정도 다 쓸데없구나."

울망울망하게 눈가를 적시며 추욱 어깨를 늘어트리는 모습이 아무리 봐도 일부러 그러는 것이 빤한데, 왜 이렇게 마음이 약해지는 건지 알 수 없는 일이었다.

"그게⋯⋯ 너 이거 꼭 비밀로 해야 한다?"

"당연하지. 빨리 말해 봐."

"실은⋯⋯."

남궁혁은 자신이 알고 있는 태양화리의 소재지에 대한 얘기를 꺼냈다.

물론 그 정보를 어디서 얻었느냐는 질문에는 함구했다.

넌 왜 그렇게 비밀이 많냐며 모용청연이 볼을 부풀렸지만, 그래도 태양화리의 정보를 알려 준 것에 만족했는지 더는 캐묻지 않았다.

"그럼 됐네. 같이 가서 태양화리를 잡자!"

"누가 너랑 같이 간댔냐."

"어차피 그 힘을 약하게 만들어도 태양화리가 쓰러질 때까지 때려야 하는 건 변함없잖아. 그러면 한 명 보다는 두 명이 낫지 않겠어?"

남궁혁은 팔짱을 끼고 생각에 잠겼다.

아무리 태양화리를 약하게 만든다 한들 그들의 검기로 비늘을 뚫을 수는 없다.

모용청연이 말한 것처럼 계속 타격을 가해서 내가중수법처럼 충격을 축적시키는 방법밖에는 없었다.

그걸 생각하면 확실히 여러 명이 함께하는 게 좋았다.

빙속탄을 입 안에 던져 넣으려면 누군가 주의를 끌어야 하기도 하고, 빙속탄의 가격이 저렴한 것도 아니니까.

"보니까 너는 태양화리의 내단이 필요한 것 같은데, 나는 비늘만 필요하니까 나머지는 전부 네가 가져도 상관없어."

"진짜? 나중에 달라고 하면 안 된다?"

"그걸 내가 가져서 어디 쓴다고? 양강지공을 익힌 것도 아닌걸. 솔직히 네가 그걸 왜 필요로 하는지는 잘 모르겠지만, 비밀인 거 같으니까 묻지는 않을게."

성숙하게 한 발 물러나는 모습에 남궁혁의 입이 살짝 벌어졌다. 아주 말괄량이인 줄만 알았는데 말이지.

"좋아. 그러면 밥 먹고 출발하자."

함께 태양화리를 잡으러 가는 것으로 합의를 마친 두 사람은 다시 젓가락을 들어 식사를 계속했다.

이로써 남궁혁과 조금 더 함께 있을 수 있다는 사실에 모용청연은 밥을 먹는 내내 싱글벙글이었다.

그로부터 며칠 후.

사천성을 떠났던 남궁혁과 모용청연은 운남을 지나 목적한 곳에 다다랐다. 그들은 높은 언덕 위에 올라 감탄을 뱉었다.

"여기가 그 등충이구나."

등충은 구멍이 숭숭 뚫린 시커먼 암석과 괴이한 연기가 부글부글 끓어오르는 물구덩이가 널려 있었다.

마치 지옥이 있다면 이런 모습일까. 모용청연은 미간을 찌푸리며 손가락으로 코끝을 집었다.

계란이 썩는 것 같은 유황 냄새가 코를 찔렀다.

"이제 어디로 가야 하는 거야? 태양신궁으로 가나?"

"아니. 한참 더 들어가서 있는 석굴로 가야 해."

남궁혁은 언덕 너머에 있는 깊고 검은 골짜기를 가리켰다.

"흐음, 어쩐지 한 번 와 본 것처럼 자연스럽다?"

"목적지에 대한 자세한 조사는 필수지."

모용청연의 의심을 남궁혁은 자연스럽게 넘겨 버렸다.

지금까지 오는 내내 모용청연은 이런 질문을 꽤 자주 들이밀었다.

당연한 일이었다. 십 년간 편지를 통해 서로를 알아왔다지만, 이렇게 오랫동안 같이 있기는 처음.

그들이 열 살 때 처음 만났을 때도 남궁혁은 남다른 구석이 있었지만, 이렇게 마주하고 있자니 그 느낌이 더했다.

실제로 접근하기조차 어려운 등충 지역으로 향하는 지름길이며 구석구석 숨겨진 작은 객잔들을 알고 있는 덕분에 모용청연은 상당히 편하게 다닐 수 있었다.

모용청연이 알기론 십 년간 섬서를 벗어난 적이 없는 그다.

그런데 몇 번이나마 강호행을 떠난 모용청연보다 더 능란한 대응을 보여 주기도 했다.

'정말 많이 안다고 생각했는데…….'

분한 것인지 속상한 것인지 모를 시선이 남궁혁의 뒤를 따랐지만, 남궁혁은 아랑곳 않고 앞서 나갔다.

한참 골짜기를 따라 걸어가던 그들은 지게를 내려놓고 쉬고 있는 한 노인을 발견했다.

그는 이곳에 온 청년들이 신기한 건지 남궁혁과 모용청연을 빤히 바라보았다.

"처음 보는 얼굴인데. 이 지역에는 웬일이요?"

"저는 섬서에서 대장장이를 하고 있는데, 이 지역에 특이한 광물이 많다고 해서 견식 차 와 봤습니다."

"호오, 장인이라."

노인은 납득이 간다는 듯 고개를 끄덕였다. 딱히 의심하는 얼굴은 아니었다. 이번에는 남궁혁이 물었다.

"그러는 노부께서는 왜 여기 계신 겁니까?"

이 지역은 들끓는 지열 때문에 농사를 짓기도 적합지 않았고, 나무를 하러 올 만한 곳도 아니었다.

남궁혁은 노인의 옆에 있는 지게를 흘낏 보았다. 지게에는 큰 항아리가 지워져 있었는데, 아무래도 물을 담는 용도의 것인 모양이었다.

"이 근방에 용암 석굴이 있다오. 그곳에서 샘솟는 물이 치료에 좋거든. 그래서 물을 길어다 팔고 있지."

"그런데 왜 여기 계시는 거죠?"

"태양신궁의 무인들이 석굴에서 뭘 한다고 그래서 못 들어가고 있다네."

"태양신궁의 무인들이요?"

"그래. 뭘 찾고 있다고 하던데. 아주 진귀한 걸 찾는 모양이야. 엊그제 지진이 있었는데도 도통 나오질 않더구만."

남궁혁과 모용청연의 얼굴이 딱딱하게 굳었다. 이 주변

에서 찾는 진귀한 거라면 태양화리밖에 없을 테니까.

두 사람은 노인에게 인사를 하고 자리를 떠나왔다.

"어쩌지? 무사들이 들어가 있다면 몰래 들어가기 어려울 텐데. 여긴 태양신궁의 영역이잖아. 함부로 들어가면 문제가 생길 거야."

모용청연이 걱정스러운 얼굴로 물었다.

흐음. 남궁혁은 턱을 괴고 생각에 잠겼다. 태양신궁에게는 미안하지만 그는 꼭 태양화리가 필요했다. 그들이 태양화리를 가져가게 내버려 둘 순 없었다.

"청연아. 너 대장간에서 제일 무서운 게 뭔지 알아?"

"뭔데?"

"불나는 거."

남궁혁은 봇짐을 내려놓고 짐을 끌렀다. 그리고 사천을 지나올 때 혹시나 해서 사 왔던 화약을 꺼내 들었다.

말이 화약이지, 사실 불꽃놀이 할 때나 쓰이는 싸구려 폭죽이었다.

소리만 요란할 뿐 사실 그리 불이 튀지도 않는 것을 꺼내 드는 모습에 모용청연이 고개를 갸웃했다.

남궁혁은 이어 철과(鐵鍋)를 꺼내더니, 여기저기 있는 웅덩이에서 물을 퍼 담고 고춧가루를 팍팍 뿌려 고약한 것을 만들기 시작했다.

"뭐야? 뭘 하려는 건데?"

"혹한의 북해빙궁에서 제일 무서운 건 눈사태야. 그러면 여기 등충에서 제일 무서운 게 뭐겠어?"

"……화산 폭발?"

"바로 그거지."

"이걸로 화산이 터진 것처럼 만들겠다는 거야?"

모용청연은 미심쩍다는 듯 남궁혁의 준비를 바라보았다. 그들도 무인인데. 고작 이 정도 수작질에 속을까?

"평소라면 모르겠지만, 엊그제도 지진이 있었다잖아. 시험해 볼 만한 가치는 있지."

남궁혁은 씩 웃으며 모용청연에게 폭죽 다발을 건넸다.

모용청연은 어쩔 수 없다는 듯 고개를 끄덕였다.

확실히 별 분쟁 없이 조용히 들어가기엔 다른 방법이 없었다.

물론 들키면 더 큰 소란이 일기야 하겠지만.

두 사람은 자세한 모의를 위해 쑥덕거리다가, 이내 준비를 마치고 용암 석굴이 있는 골짜기로 다가갔다.

용암 석굴 앞에는 태양신궁의 무인 두 명이 경비를 서고 있었다.

"흐아암―. 경비를 서는 것도 지겹구만그래."

"그러게 말이야. 어차피 여기까지 올 사람도 없는데 굳이 경비를 세워야 하나."

"지난번 지진 이후 새로 뚫린 동굴에서 화석균을 찾았다잖아. 소궁주가 눈이 뒤집힐 만도 하지."

"어차피 우리 같은 일반 무사들한테까지 내려지지는 않을걸."

그 때 쿵, 쿵, 어디선가 지진과 같은 울림이 들려오고 있었다.

무료한 시간을 수다를 떨며 보내고 있던 무사들이 순간 긴장했다.

"뭐지? 또 지진인가?"

무사들은 불안한 눈으로 주변을 살폈다. 하지만 골짜기가 너무 깊어서 어디에서 무슨 소리가 나는지 확실히 찾을 수 없었다.

그때, 뭔가 펑펑 터지는 소리와 함께 돌무더기가 골짜기를 향해 후두두둑 굴러 떨어지기 시작했다.

"저기 좀 봐!"

무사 하나가 가까운 곳에 있는 낮은 봉우리를 가리켰다.

측화산의 일종이라 간혹 용암이 나오던 곳에서 시뻘건 것이 흘러내리고 있었다.

"폭발이다! 동굴이 위험할지도 몰라!"

경비들은 줄을 잡아당겼다. 용암 석굴 안쪽까지 설치된

비상종이였다.

짤랑짤랑, 짤랑짤랑, 그 소리가 수십 번을 울리고 나자 용암 석굴 내부에서 사람들이 우르르 빠져나왔다.

"무슨 일인가?"

"소궁주. 화산이 폭발합니다. 대피해야 할 것 같습니다."

"으음…… 아직 화석균의 자생지에 닿지도 못했는데."

"그치만 이틀 전 폭발처럼 지각 균열이 심하면 위험합니다. 전부 매몰될 수 있습니다."

무사들이 침을 꿀꺽 삼켰다.

아무리 뛰어난 무인들이요 양강지공을 익힌 이들이라지만, 용암이 들끓는 동굴에 매몰되었을 때 살아 나올 자신은 없었다.

그 표정들을 본 태양신궁의 소궁주는 마지못해 고개를 주억거렸다.

"일단 신궁으로 돌아간다. 가자!"

신궁의 무인들은 석굴에 금줄을 쳐 둔 뒤, 골짜기를 돌아 빠져나갔다.

그리고 한참 뒤, 남궁혁과 모용청연이 주변을 확인하며 골짜기로 들어섰다.

"진짜 갔네."

모용청연은 쥐새끼 하나 없는 용암석굴 주변을 허탈하게

둘러보았다.

"다시 돌아오진 않을까?"

"화산은 한 번 폭발 기미가 보이고 한참 후에야 제대로 활동하니까. 적어도 하루 이상은 이 근처로 오지 않을 거야."

"그래서 대장간에서 제일 무서운 게 불이라고 한 거구나?"

"맞아. 잘 알아서 더 무서운 거지. 슬슬 들어가자."

남궁혁은 태양신궁 무인들이 쳐 둔 금줄을 걷어 내고 안으로 들어갔다.

석굴 안으로 발을 내딛자 뜨거운 열기가 순식간에 몸을 감쌌다.

남궁혁은 뒤따라오는 모용청연을 힐끗 돌아보았다.

사시사철 뜨거운 화로 앞에서 작업하는 게 일인 남궁혁은 그렇다 쳐도, 모용청연에게는 견디기 힘들만큼 꽤 뜨거운 열기였다.

그녀는 숨이 막히는 듯 소매로 입을 가리고 따라오고 있었다.

"이게 태양신궁이 발견했다는 새 동굴인가?"

동굴의 중간쯤에 난 갈림길에서 남궁혁이 중얼거렸다.

곡괭이로 벽을 캔 흔적이 있었다. 태양화리의 먹이인 화석균을 캔 자국이 틀림없었다.

방향을 틀어 좁은 석굴을 더듬어 나가자, 갈수록 열기가 뜨거워졌다.

펄펄 끓는 용광로 안에 들어온 기분이었다.

남궁혁과 모용청연은 미간을 찌푸리며 내공으로 몸을 보호했다.

그래도 숨을 쉬는 것만큼은 여의치 않았다.

뜨거운 공기를 들이쉴 때마다 폐가 불에 덴 것 같은 기분을 느끼며, 그들은 한참을 걸어 들어갔다.

"잠깐."

"왜 그래?"

"물소리야."

동굴 너머에서 물결 이는 소리가 들렸다. 날랜 물고기들이 수면을 가르거나 새들이 물 위를 박차오를 때 나는 소리.

태양화리가 있는 호수에 도착한 것일까. 그들은 검 손잡이에 손을 갖다 대고 계속 나아갔다.

마침내 좁은 동굴을 빠져나가자, 그곳에는 거대한 공동(空洞)이 있었다.

"……우와."

모용청연이 저도 모르게 감탄을 뱉었다.

거대하다는 말을 공간으로 옮겨 둔다면 딱 이런 느낌일 것이다.

높이는 하늘같고 너비는 들판처럼 넓은 공동 안에 큰 배 수십 척을 띄워도 될 것 같은 드넓은 호수가 펼쳐져 있었다.

어디선가 들어온 빛이 산란되어 내부는 그렇게 어둡지 않았다.

두 사람은 긴장을 늦추지 않고 호수 쪽으로 다가갔다.

호수는 그 깊이를 짐작하기 어려울 정도로 검었다.

호수의 중간중간 석순이 넓게 분포되어 있어서 남궁혁은 그 위로 폴짝 올라갔다.

석순 위에 올라선 그는 무릎을 굽혔다. 그리고 부글부글 끓어오르는 호수에 슬쩍 손을 담갔다.

"진짜 뜨겁네."

그는 조금 인상을 찌푸리는 정도에 그쳤지만 사실 웬만한 인간이라면 내공으로 손을 보호해도 강한 열기를 느낄 정도의 온도였다.

태양신궁의 궁주는 여기서 화기를 흡수하면서 내공을 수련하다가 태양화리를 만났다고 했었다.

남궁혁조차 호흡에 곤란을 느낄 정도인데, 이런 데서 수련을 했다니.

새삼 그에게 감탄을 하며 남궁혁은 모용청연에게 손을 내밀었다.

"그거 좀 꺼내 봐."

모용청연이 제 짐을 풀어 뭔가를 찾았다.

남궁혁의 봇짐에 짐이 너무 많아서 하는 수 없이 모용청연이 짊어지고 온 것이었다.

모용청연은 큰 고깃덩이 하나를 꺼냈다. 바로 태양화리를 유인할 미끼였다.

"그런데 태양화리는 잉어 아냐? 잉어가 고기를 먹어?"

"태양화리 급 영물이면 사람도 먹는다던데, 고기를 가리겠어?"

남궁혁은 모용청연에게서 고깃덩이를 받아 들고 호수를 향해 멀리 던졌다.

풍덩!

큰 고깃덩이가 떨어지자 곧 저 멀리서 촤악! 물살 가르는 소리가 났다.

수면 위에 떠 있던 고깃덩이가 호수의 파도와 함께 순식간에 사라졌다.

순간 공동 위로 뛰어오르는 태양화리!

그 모습은 잉어가 아니라 마치 용과 같았다. 번쩍이는 금빛 비늘과 입에서 뿜어내는 열기! 날개와도 같은 지느러미!

벌떡이는 아가미까지!

영물이라 부르기에 부족함이 없는 그 모습을 보며 남궁혁과 모용청연이 검을 뽑아 들었다.

그리고 눈짓을 교환했다. 계획은 이미 짜여져 있었다.

촤아악! 큰 물보라가 남궁혁을 향해 쇄도했다.

아가리를 쩌억 벌린 입이 남궁혁을 통째로 삼키려 들었지만, 남궁혁은 재빨리 날아올라 다른 석순에 안착했다.

그때부터 남궁혁과 태양화리의 술래잡기가 시작되었다.

남궁혁을 홀랑 삼키는 데 몇 번을 실패하자 태양화리는 약이 오른 듯 그 두터운 꼬리를 마구 휘둘렀다.

폭풍우가 치듯 큰 파도가 일면서 석순 몇 개가 부서졌다.

태양화리가 그 거대한 몸을 석순에 들이박자 지진이 일듯 공동이 크게 울렸다. 삼키는 대신 남궁혁을 풍덩 빠트릴 모양이었다.

"아, 거참 힘드네!"

차라리 실컷 검을 휘두를 수 있는 싸움이면 속이라도 편할 텐데!

석순에 발이 닿자마자 다른 석순으로 옮겨 가야 하는 정신없는 상황 속에서도 남궁혁은 크게 투덜거렸다.

그래도 지난 습격 이후 경신법을 익혀 둔 게 다행이지.

"간다!"

한창 태양화리를 약 올린 남궁혁이 신호를 보내며 크게 뛰었다.

모용청연은 그 뒤에서 손에 빙속탄을 든 채 기회를 엿보고 있었다.

공동 높이 뛰어오른 남궁혁을 향해 태양화리가 그 거대한 입을 쩍 벌리고 뛰어올랐다.

"지금이야!"

모용청연이 빙속탄을 힘 있게 던졌다.

그 순간, 지축이 흔들리기 시작했다.

"꺄악—!"

빙속탄을 던지는 바람에 몸에 잔뜩 힘을 주었던 모용청연이 균형을 잃고 비틀거렸다. 발 디딜 곳은 한 뼘 석순뿐.

불보다도 뜨거운 물에 빠지면 쉽게 빠져나올 수 있는 상황이 아니었다.

"위험해!"

지진으로 인한 거친 풍랑에 모용청연이 삼켜지려는 순간, 남궁혁이 신형을 쏘았다.

남궁혁이 호수 속으로 떨어지려는 그녀를 세게 걷어찼다.

모용청연은 하늘을 날아 지면을 향했지만, 때문에 남궁혁은 태양화리의 앞에 그대로 노출될 수밖에 없었다.

꿀꺽.

태양화리는 만족스럽게 거친 수면 안으로 풍덩 빠져들었다.

"혁아!"

지면에 떨궈진 모용청연이 뒤늦게 그의 이름을 불렀지만 호수는 점점 고요해질 뿐이었다.

한편 태양화리의 뱃속에 들어간 남궁혁은 꿀렁꿀렁한 액체와 함께 계속 미끄러져 내려갔다.

그리고 마침내 태양화리의 위장으로 보이는 넓은 공간에 도착했다.

집 한 채쯤은 거뜬히 들어갈 것 같은 공간엔 아까 태양화리가 먹어 치운 고깃덩이 하나와 소화액에 절은 화석균들로 가득했다.

"윽, 차거!"

남궁혁은 눈을 맨 발로 밟은 듯 화들짝 놀라며 발을 떼었다.

발밑을 보니 소화액이 차갑게 얼어붙어 있었다.

아무래도 빙속탄이 제대로 터지긴 한 모양이었다. 냉기는 천천히 그 기세를 불려 가며 태양화리의 위장을 잠식해 가고 있었다.

빙속탄의 얼음 때문에 괴로운지 태양화리가 계속 거칠게

꿈틀거렸다.

"이러다 멀미 때문에 쓰러지겠군."

남궁혁이 미간을 찌푸릴 때, 어디선가 눈썹을 태워 버릴 것 같은 열풍이 훅 불어 왔다.

뱃속에서 웬 열풍이야?

의아한 생각에 뜨거운 기류가 흘러나오는 곳을 향해 눈을 가늘게 뜨고 다가가니, 시뻘건 살점 사이로 쿵쾅거리는 뭔가가 있었다.

"설마……?"

남궁혁은 검 끝으로 살점을 갈랐다.

뜨거운 피가 주륵 흘러내리며 그 안에 붉게 반짝이는 구슬이 드러났다.

그것은 마치 심장처럼 보였다. 태양화리의 핏줄이 구슬에 바짝 달라붙어 있었고, 피가 공급되는 것처럼 살점들이 꿈틀거렸다.

뜨거운 열기를 미친 듯이 내뿜는 것을 보니, 이것이 바로 태양화리의 내단인 모양이었다.

칼끝을 세워 조심스럽게 내단을 도려내자, 태양화리는 더욱 미쳐 날뛰었다.

이 녀석이 호수 깊은 곳까지 가면 곤란한데.

남궁혁은 태양처럼 뜨거운 내단을 미리 준비해 둔 특별

한 천에 감싸 봇짐에 잘 챙겨 넣은 후, 다시 검을 쥐어 잡았다.

빨리 제압하고 밖으로 나가야 했다.

남궁혁의 검 끝에서 푸른 검기가 사정없이 몰아치기 시작했다.

그 얼마나 단단한 껍질을 갖고 있든, 백 년을 넘게 산 영물이든.

큰 내상을 입으면 죽기 마련!

폭풍우가 버드나무를 뒤흔들 듯 거친 풍류검의 검사가 태양화리의 위장을 산산조각 낼 기세로 뻗어 나갔다.

위벽이 갈가리 찢겨 나가자 태양화리의 몸부림은 더욱 난폭해졌다.

중심을 잡기 힘든 상황에서도 남궁혁은 유독 잘 찢겨 나가는 한 지점을 집중적으로 공략했다.

위장을 뚫고 태양화리의 몸 밖으로 나가야 했다.

마침내 그 위벽이 부욱 찢기고, 남궁혁은 검으로 살점을 헤집었다.

비늘이 너무 단단한 탓에 아무 곳이나 뚫을 수는 없었다.

노릴 곳은 아가미!

살점 사이사이 물이 새어 들어오는 부분을 찾아가며 검을 찔렀을 때, 뭔가가 통과하는 느낌이 들자 남궁혁은 그대로 검기를 주입해 위로 높게 쳐올렸다.

온몸이 녹을 것 같은 열기의 물이 구멍 사이로 새어 들어오고, 남궁혁은 그 사이를 빠르게 비집고 나갔다.

*   *   *

남궁혁이 태양화리와 함께 사라지고 얼마의 시간이 지났을까.

촤아악—!

수면을 찢는 소리와 함께 거대한 물체가 공동 위로 튀어올랐다.

모용청연은 놀라 입을 벌렸다.

거대한 태양화리가 공중으로 펄쩍 뛰었다가, 모용청연의 옆에 털썩 떨어졌기 때문이다.

"와, 익어 버리는 줄 알았네."

그리고 태양화리의 뒤에서 낯익은 목소리가 들려왔다.

"혁아! 괜찮아?"

허겁지겁 다가간 모용청연은 태양화리의 뱃속에서 사투를 벌이고 온 남궁혁만큼이나 엉망이었다.

잘 묶어 올렸던 머리는 흐트러졌고, 호수에 몇 번 빠졌는지 옷은 푹 젖어 있었다.

"네가 아니라 내가 괜찮냐고 물어봐야 할 거 같은데?"

멀쩡히 밖에 있던 녀석이 왜 이렇게 난리가 난 거지? 남궁혁은 갸웃거렸다.

모용청연은 남궁혁의 머리부터 발끝까지 살피더니, 그의 소매를 붙잡고 울먹였다.

"괜찮구나. 다행이야—. 네가 잘못되면 난…… 흐윽……."

"야, 왜 울어? 울지 마. 태양화리도 잘 잡았는데 왜 울고 그러냐?"

안 그래도 피곤해 죽겠는데. 남궁혁은 푹 젖은 뒷머리를 벅벅 긁었다.

하긴, 모용청연 입장에선 남궁혁이 자신을 구하다가 태양화리의 뱃속에 들어간 거니 미안함과 걱정이 뒤섞인 채로 있었을 게 뻔했다.

그걸 알면서도 더 타박을 하기가 뭐해서, 남궁혁은 호수에서 끌어올린 태양화리의 몸체를 살폈다.

내단이 가장 필요하긴 했지만 그래도 비늘과 살점, 뼈 등도 훌륭한 재료였으니까.

태양화리의 몸체는 온통 실금투성이였다. 검기로 인한 실금이었다.

뛰어난 고수가 전력을 다하지 않는다면 이렇게 금을 내기도 어려울 텐데?

지금까지 발견되지 않았던 태양화리의 몸에 누가 흠집을 냈지?

남궁혁은 문득 눈가를 훔치고 있는 모용청연을 돌아보았다.

검기가 통하지 않는다는 것을 알면서도 죽어라 공격을 가한 모양이었다.

저 뜨거운 물에 빠지고, 매무새가 엉망이 되는 것은 신경도 쓰지 않은 채, 남궁혁을 구하기 위해서.

태양화리가 몸부림을 친 게 모용청연의 거센 공격 때문이었나.

남궁혁은 빙긋 웃고는 모용청연에게 다가갔다.

"일단 이걸 전부 들고 나갈 순 없고, 필요한 것만 추리자. 그만 울고 일어나. 설마 나 혼자 이걸 다 손질하게 할 생각은 아니지?"

"흑…… 알았어."

그제야 모용청연은 눈가를 닦고 일어났다.

두 사람이 힘을 합치자 뼈에서 살을 바르는 일은 그리 오래 걸리지 않았다.

그 단단한 비늘이 하나둘 쌓이고, 남궁혁이 뼈를 추리는 동안 모용청연은 태양화리의 흰 살을 다듬었다.

"뼈나 비늘이면 몰라도 살은 들고 나가기 어렵지 않을까 너무 많고 무거운걸."

"그럼 먹어 버릴까?"

"먹는다구?"

"그래도 영물의 고기잖아. 내공 증진에 효험이 있을지 누가 알아?"

남궁혁은 내친김에 철과를 꺼내, 들고 다니던 호리병의 물을 콸콸 부었다.

철과에 내력을 불어넣으니 곧 물이 끓기 시작했다. 남궁혁은 다듬은 살점을 물에 넣어 익혔다.

한 입 먹어 보니 제법 맛도 괜찮았다. 남궁혁이 먼저 우물우물 먹고 있자 모용청연도 슬쩍 다가와서 생선살을 집어 입에 넣었다.

"먹을 만하네."

"평생 두 번은 못 먹을 영물이니까 많이 먹어 둬."

모용청연은 생선 한 토막에서 살을 떼어 먹다가 뭔가 생각난 듯 봇짐을 풀었다.

그리고 짐에서 작은 술병을 꺼냈다.

"짠~"

"너 그걸 챙겨 갖고 다니냐?"

남궁혁이 고개를 절레절레 저었다. 하여간 못 말리는 친구였다.

모용청연은 태양화리의 살을 안주 삼아 꼴깍꼴깍 술을 마시더니, 이번에는 남궁혁에게 병을 내밀었다.

"수고했어!"

남궁혁은 피식 웃으며 병을 받아 들었다.

처음 모용청연하고 다시 만났을 때는 십 년을 알았음에도 어색함이 있었는데, 짧은 여정을 겪으면서 그 거리가 꽤 좁혀진 기분이 들었다.

두 사람은 먹을 수 있는 만큼 태양화리의 살을 먹어 치운 후, 뼈와 비늘을 수습하고 남은 부산물은 호수 속에 풍덩 빠트렸다.

태양신궁의 무인들이 아직 석굴로 돌아오지 않은 덕분에, 두 사람은 무사히 석굴을 빠져나올 수 있었다.

한참을 걸어 등층 지역의 끝이 보이자 남궁혁이 발을 멈췄다.

여기서 두 사람은 갈라져야 했다. 남궁혁은 제갈세가가 있는 호북성으로 가야 했고, 모용청연은 사천의 당가로 가야 했으니까.

사천을 들렀다 가는 길도 있지만 기왕지사 여행을 나온 길. 남궁혁은 보다 많은 곳을 둘러보고 싶었다.

"그럼 여기서 헤어지는 거야?"

"그래야지. 넌 당가로 가서 그 비늘을 증거로 보여 줘야

하잖아.”

“그렇지만…….”

모용청연의 얼굴이 비에 젖은 듯 축 처졌다.

“영영 헤어지는 것도 아니고 왜 그러냐.”

그런 그녀의 어깨를 툭툭 두드려 주자 모용청연은 이내 기운을 차렸다.

하지만 애써 밝은 척을 하려는 기색이 역력했다.

“알았어. 다음번에는 꼭 남궁장인가로 갈게.”

“그래. 좋은 거 만들어 줄 테니까 꼭 와라.”

이대로 있다간 하염없이 시간을 지체할 것 같아서 남궁혁이 먼저 뒤돌아섰다.

한참을 걷는 데도 뒤에서는 발소리가 나지 않아서 어쩐지 머쓱했다.

아무래도 그가 보이지 않을 때까지 계속 지켜보고 있을 모양이었다.

남궁혁도 모용청연과의 이별이 아쉽긴 했지만, 강호의 인연이란 게 다 그런 것 아닌가.

길 위에서 만났다 길 위에서 헤어지는 것이 인생과 다를 바 없다.

모용청연도 아직 어려서 그렇지 나이를 좀 더 먹으면 이 정도의 이별은 아무것도 아니라는 것을 깨달으리라.

굽이진 골짜기로 꺾어 들자 이윽고 한참 뒤에서 멀리 뛰어가는 경공술 소리가 들려 왔다.

다소 가뿐한 마음으로 남궁혁은 제갈세가를 향해 발을 놀렸다.

第二章
제갈화영과 화영방

　모용청연과 헤어져 등충을 떠난 지 한 달.

　남궁혁은 시원한 강바람을 맞으며 큰 배의 끄트머리에
앉아 있었다.

　지난번 습격 사건 이후로 가급적 배를 타는 것은 조심
해 왔지만, 이번에는 자기 하나 잡자고 매수할 수 있는 수
준의 작은 배가 아니었기에 그는 마음 놓고 뱃놀이를 즐겼
다.

　호남에서부터 강줄기를 타고 거슬러 올라가다 보면 호북
에서 가장 번화한 도시인 무한에 도착한다.

　수십 척의 배가 도열해 있는 나루터는 아홉 개의 성을

아우른다는 수륙 교통의 중심이라 부를 만했다.

이윽고 배가 뭍에 도착하고, 사람들이 우르르 내리자 남궁혁도 따라 내렸다.

바로 이곳 무한에 제갈세가의 본가가 있었다.

보통 제갈이라는 그 성씨를 보고 이들이 융중산에 기거할 거라고 생각하는 사람들도 있지만, 그건 어디까지나 후한 대의 일이다.

촉이 멸망한 이후에도 촉한이 낳은 불세출의 지략가 제갈량의 이름은 제갈세가의 이름을 드높였고, 그들은 이 번화한 무한 땅의 중심지에 자리를 잡을 수 있었다.

물론, 찾아가기 쉬운 곳에 있다고 해서 아무나 들어갈 수 있는 건 아니지만.

"무한에 오긴 했는데, 어떻게 제갈화영을 만난담."

남궁혁은 크디큰 무한성의 도로를 활보하며 생각에 잠겼다.

요새 그의 인지도가 나름 높아졌다고는 하나 제갈화영은 호락호락 만날 수 있는 인물이 아니었다.

남궁혁이 그녀의 병을 치료할 수 있는 약을 갖고 있다곤 해도, 그의 목적이 오로지 제갈화영에게 약을 전해 주는 것은 아니니까.

"뭔가 계기가 있어야겠는데."

생각에 잠긴 채 저벅저벅 걷던 남궁혁의 귀에 웬 소란스러운 소리가 들렸다.

"무슨 일이지?"

소리가 들리는 곳을 향하니, 사람들이 구름처럼 모여 있었다.

그 숫자가 너무 많아서 대체 무슨 일인지 분간이 안 갈 정도였다.

다들 목을 쭉 빼고 뭔가를 보려고 애쓰는 걸로 보아 저 끝에 희끄무레하게 보이는 벽보를 보려는 것 같았다.

남궁혁은 이미 저 화제의 벽보를 보고 나온 듯 저들끼리 얘기를 주고받는 사내들에게 다가가 물었다.

"실례합니다. 대체 이게 무슨 난립니까?"

"오늘이 초하루 아니요. 제갈세가의 화영방(華榮訪)이 붙어서 이 난리라오."

"화영방이요?"

남궁혁이 되묻자 사내들이 껄껄 웃었다.

"화영방을 모르는 걸 보니 타지에서 온 치가 분명하구만."

"예. 무한에는 오늘 처음 왔습니다만, 무슨 일입니까?"

"제갈화영은 아시오?"

"혹시 제갈화영 소저와 관련이 있는 겁니까?"

"아무렴. 그 제갈화영이 직접 내는 난제의 이름이 바로 화영방이라오. 이 문제를 풀면 천하에 미인으로 이름난 제갈 소저를 직접 만날 수 있는 영광을 얻는다 해서 꽃 화자에 영예로울 영자를 쓰지."

사내의 말에 남궁혁이 벽보를 향해 고개를 돌렸다.

제갈화영을 직접 만날 수 있는 기회라. 마침 도착하자마자 이런 기회가 있다니 행운이 남궁혁을 따르는 모양이었다.

그러나 사내들은 벽보에 시선을 돌리는 남궁혁을 보고 혀를 끌끌 찼다.

"자네도 사내라고 동하는 모양이네만, 아쉽게도 화영방이 붙기 시작한 이래 십 년간 저 난제를 해결한 이는 한 명도 없다네."

"십 년간 한 명도요?"

저 화영방이 매달 초하루에 붙는다는 걸 보면 지금까지 삼백 번이 넘게 문제가 발표되었다는 뜻이다.

그러나 한 번도 풀린 적이 없다니. 대체 어떤 문제이기에?

"그간 머리 좀 쓴다는 학사들부터 뛰어난 무림의 고수들, 심지어 황실의 사람들까지 덤벼들었지만 성공한 자는 없었다네."

"이해할 수가 없네요. 고작 한 번 얼굴을 보기 위해서 그 많은 사람들이 달려들었단 말입니까?"

"아, 그뿐만은 아니네. 문제를 해결한 자에게는 제갈 소저가 원하는 것 한 가지를 들어준다고 하더군. 물론 한 번도 그녀 앞까지 간 사람이 없으니 그 소문의 진의는 알 수 없지만."

과연. 제갈세가의 금지옥엽이자 하늘이 내린 지재를 가졌다는 여인이 들어준다는 소원이라면 다들 눈에 불을 켜고 달려들 만했다.

남궁혁도 화영방에 관심이 갔다.

또한 제갈화영에게도.

단순히 뛰어난 책사를 구하자는 생각에서 온 것이었지만, 사실 남궁혁은 그녀의 탁월한 실력 외에는 별로 아는 것이 없었다.

화영방 같은 것을 붙여 사람들의 실력을 가늠하는 것을 보면 장난기가 꽤나 많은 모양이었다.

아니면 세상 사람들을 발아래 놓기 좋아하는 오만한 성격이거나.

어찌 됐건 이 화영방이 남궁혁에게 좋은 기회가 되리라는 것은 자명한 사실이었다.

"그럼 어디, 일단 그 화영방이라는 걸 한 번 구경이나 해

볼까?"

　남궁혁은 벽보 앞으로 다가갔다. 모인 사람들을 헤치고 지나가니 벽보에는 하나의 문장이 유려한 필체로 적혀 있었다.

　　융중의 산 옆에 산을 하나 더 세우려 하니, 아녀자
　도 들고 갈 수 있는 산을 가져오는 이는 후한 사례를
　받을 것이다. ― 제갈화영

　난생처음으로 마주한 수수께끼에 남궁혁은 눈을 가늘게 떴다.

　아녀자도 들고 갈 수 있는 산이라니. 그게 대체 무슨 소리람.

　"또 이 모양이구만. 문제를 푸는 건 고사하고 그 뜻이 뭔지나 알아야지."

　"그러니까 제갈가의 난제 아닌가. 이번에도 우리는 글렀군."

　사람들은 머리를 벅벅 긁으며 뒤로 물러났다.

　남궁혁도 고민이 되긴 매한가지였다. 남궁장인가에서 머리를 쓰는 것은 민도영의 몫이었지 남궁혁의 일이 아니었다.

민 총관에게 서찰이라도 날려 볼까?

남궁혁이 섬서와 호북 간의 거리를 가늠하고 있을 때, 한 대의 마차가 호위 무사들을 데리고 소란스럽게 골목으로 들어왔다.

"비켜라! 지룡도 팽천택 공자의 행차다!"

아주 휘황찬란한 마차였다.

그 별호와 이름으로 보아 하북 팽가의 사람인 모양이었다.

그나저나 이렇게 사람이 많은 데서 마차라니?

남궁혁은 의아했지만 사람들은 순순히 길을 내주었다.

덕분에 팽천택의 마차는 화영방이 있는 앞까지 갈 수 있었다.

"아하, 드디어 오셨구만."

마차가 멈추고 팽천택으로 추측되는 남자가 내리자 남궁혁에게 답을 해 주던 사내들이 빈정거렸다.

아무래도 이들은 팽천택을 마음에 들어 하지 않는 모양이었다.

"저 사람은 누굽니까?"

"하북 팽가의 삼 공자요. 팽가의 상단이 무한에 지부를 두고 있는데, 그 아비가 일을 배우라고 보냈다 하더군. 그런데 그 하는 짓이 포악하기 짝이 없어 이 주변에서는 평이 좋지 않아."

남자들은 고개를 절레절레 내저었다.

하긴, 딱 봐도 그렇게 생긴 얼굴이긴 했다.

윤기가 자르르 흐르는 얼굴에는 겸손함이라곤 찾아볼 수 없고, 동작 하나하나에는 자만에 가까운 오만함이 깃들어 있었다.

하북 팽가의 사람들이 유독 자부심이 엄청나다고 듣기는 했지만 저건 좀 과했다.

"저 치가 무한에 오자마자 제갈화영에게 한눈에 반해서 늘 화영방에 도전한다네. 그치만 한 번도 문제를 푼 적은 없지. 대신 경쟁자들을 악랄하게 괴롭히는 것은 유명한 얘기야."

"사실상 최근에는 팽천택 때문에 화영방의 정답자가 안 나오는 거나 마찬가지일 걸세."

그러면서도 남자들은 팽천택이 다가오자 입을 딱 다물고 사람들 속으로 사라졌다. 팔대 세가의 이름이 무섭긴 무서운 모양이었다.

남궁혁은 화영방을 읽어 보는 팽천택을 유심히 보았다.

목적이 다르긴 하지만, 어쨌거나 제갈화영을 얻고자 하는 사람이니 경쟁자나 마찬가지다.

팽천택은 다른 사람들과 달리 호오, 호오! 감탄을 하며 화영방을 읽었다.

"드디어 제갈화영이 내게 출가하려고 마음을 먹었군!"

"정말입니까, 공자님? 저는 전혀 뜻을 모르겠는데요."

호위 무사가 비위를 맞춰 주려는 듯 묻자 그는 기분이 좋은 듯 호탕하게 제 해석을 늘어놓았다.

남궁혁도 그의 해석에 귀를 기울였다.

"융중의 옆에 따로 산을 세운다니 그 말은 곧 제갈세가를 벗어나겠다는 뜻이고, 아녀자가 들고 갈 수 있는 산이라 하니 그만큼 큰 혼수품을 받겠다는 거 아닌가."

"오오, 그렇군요!"

"거기다가 이 무한 땅에 제갈화영과 혼인할 만한 사람은 이 팽천택뿐이니, 이 화영방은 내게 보내는 연서나 다름없는 거지."

호위 무사가 팽천택를 추켜세워 주자 그는 크게 찢어진 입꼬리를 귀 끝까지 끌어 올렸다.

"산만 한 혼수품이라면 역시 태청장원만 한 게 없겠지. 제갈 소저를 맞이하는 데 그 정도는 준비해야 할 거야. 그렇게 생각하지 않나?"

"예예, 맞습니다요 공자님. 태청장원의 드넓은 땅이면 제갈세가도 입이 떡 벌어질 겁니다."

"좋아. 오늘은 기분이 좋으니 장원으로 가는 건 좀 미루지. 기루에 가서 술을 마셔야겠다."

팽천택는 군중 속의 누군가를 바라보며 회심의 미소를
지었다.

한창 떠들던 그와 호위 무사가 거리를 빠져나가자 사람
들은 저마다 혀를 찼다.

"저 저 고약한 놈."

"제갈화영을 협박해 원하는 걸 얻었으면 그만둘 것이지
계속 태청장원을 탐내다니."

남궁혁은 주변의 말을 귀 기울여 들었지만 도통 일이 어
떻게 돌아가는지 알 수 없었다.

그도 그럴 것이, 그는 오늘 무한이 처음이었으니까.

하는 수 없이 남궁혁은 주변을 두리번거리며 누군가를
찾았다.

처음 온 무한 땅이라 아는 사람이 있는 건 아니었지만,
사람이 많은 곳에는 반드시 거지가 있다는 사실은 잘 알고
있었다.

허리에 이 결의 매듭을 진 거지를 발견한 남궁혁은 곧바
로 그에게 다가갔다.

남궁혁과 비슷한 연배로 보이는 거지는 자신을 향해 다
가오는 남궁혁에게 허리를 굽실거렸다.

"아이고, 공자님. 한 푼만…… 어라?"

"날 알고 있죠?"

남궁혁은 씩 웃으면서 물었다.

일 결의 새끼 거지라면 모를까, 이 결 제자 정도면 충분히 그를 알 만했다.

개방의 거지는 남궁혁의 면면을 하나하나 뜯어보더니, 손바닥을 주먹으로 탁 내리쳤다.

"설마 섬서 남궁장인가의 소가주 남궁혁이요? 우리 장로님과 친분이 있다는?"

역시 정보를 다루는 개방다웠다.

번거롭게 소개할 필요가 없어진 덕분에 남궁혁은 바로 본론으로 들어갔다.

"대체 제갈화영하고 팽천택 사이에 무슨 일이 있는 겁니까?"

"그야 보다시피 팽 공자가 제갈 소저를 열렬히 사모하는 사이지."

거지는 그 지저분한 소매에 양손을 끼워 넣으며 설렁하게 대답했다.

정보로 치부될 만한 얘기라 이건가? 남궁혁이 고갯짓으로 옆에 있던 객잔을 가리켰다.

거지는 바로 알아들은 듯 싱글벙글 웃으며 앞장섰다.

남궁혁과 개방의 거지가 객잔에 들어서자 점소이는 눈살

을 찌푸렸지만, 남궁혁이 은자 하나를 내밀자 부루퉁하던 입을 쏙 집어넣고는 얼른 허리를 직각으로 숙였다.

"여기 죽엽청 세 병하고, 안주로 할 만한 요리 적당히 좀 내오세요."

그러면서 점소이의 손에 동전 몇 닢을 쥐여 주니, 순식간에 술상이 차려졌다.

거지는 헤죽거리며 서둘러 죽엽청 한 잔을 따랐다. 이 걸 거지에게 이게 웬 떡이냐 싶었다.

그러나 남궁혁이 술잔으로 향하는 거지의 손을 중간에 막았다.

"그래서 무슨 일이 있는 겁니까?"

개방의 칠 결 장로에게도 계산 하나는 철저했던 남궁혁이었다.

도통 그 손이 치워질 생각을 안 하자 거지가 투덜거렸다.

"거 한 잔 먹고 시작하면 되지. 그렇게 급한 일이요?"

"급하다면 급하고, 심각하다면 심각하거든요."

자칫했다간 여기까지 오며 고생했던 게 다 수포로 돌아갈 상황이었다.

제갈화영을 만나서 얘기를 꺼내 보기도 전에 그녀가 남의 아내가 될 지도 모르니까!

아무리 무림인이라지만 혼인을 하지 않은 처녀와 남편이 있는 아내라는 신분 사이에는 행동 범위에 차이가 있을 수밖에 없었다.

아까 팽천택이 말한 것처럼 진짜 제갈화영이 그와 결혼할 생각이라면, 태양화리의 내단을 내준다고 해도 제갈화영을 잡지 못할 가능성이 높았다.

팽가 삼 공자의 아내가 남궁장인가 같은 약소 문파에 참모로 가는 것을 팽가가 허용하겠는가.

남궁혁의 목소리에서 다급함을 읽었는지 거지는 입을 쩝쩝 다시며 얘기를 시작했다.

"팽 공자가 제갈화영을 노린 지가 꽤 됐다오. 그런데 몇 년을 계속 죽 쑤니까 이자가 성질이 나서 제갈 소저의 성질을 긁으려고 덤벼든 게지."

"성질을 긁어요?"

"팽 공자가 태청장원이라는 곳의 딸을 노리고 나섰거든."

남궁혁은 슬슬 머리가 복잡해지기 시작했다. 팽천택이 제갈화영을 노린다고 했다가, 갑자기 태청장원을 노린댔다가, 이젠 태청장원의 딸을 노린다니.

"좀 정리해서 설명해 주면 안됩니까?"

남궁혁이 투덜거리자 개방 거지는 그가 막고 있는 술잔

을 쓱 흘겨보았다.

남궁혁이 잔을 밀어주고 젓가락을 앞에 놓아주자 거지는 그제야 마음에 든다는 듯 음식을 우걱우걱 먹으며 제대로 얘기를 해 주기 시작했다.

"일단 처음부터 시작하자면, 팽 공자가 제갈화영을 한 번 보고 홀딱 반해서 일부러 무한까지 왔었지. 그런데 천하의 제갈화영이 뭐가 아쉬워서 팽가 대공자도 아니고 삼 공자를 만나겠나. 당연히 중매도 거부하고 얼굴 한 번 안 비쳐 준 게지."

"그 정도야 짐작할 만한 얘기고. 그래서요?"

"그래서 그 쫌생이가 화가 나서 제갈화영의 단짝인 태청장원의 딸을 괴롭히기 시작한 거요."

이제야 제대로 본론이 나오고 있었다.

남궁혁은 새로 나온 안주를 거지의 앞에 밀어주며 귀를 기울였다.

"태청장원은 이 무한에서 꽤 넓은 땅을 갖고 있는 지주인데, 그 땅에 드문드문 솟은 바위산이 있거든. 그게 문제가 된 거요."

거지가 얘기한 내용은 이랬다.

무한에는 팽가의 소유인 산이 하나 있는데, 이 산의 위치가 태청장원과 가까웠다.

물론 그 산과 장원 사이에는 거리가 있으므로 원래대로라면 아무 문제가 없어야 하는데, 팽천택이 태청장원의 땅에 있는 돌산이 자기들 산의 지맥이라고 우기기 시작한 것이다.

팽가는 그 산의 지맥에 대한 모든 권한을 갖고 있었으므로 팽천택의 말이 아주 근거 없는 말은 아니었다.

그러나 지맥이라는 것은 산세가 이어져 있지 않으면 잘 모르는 것이고, 태청장원에 있는 바위산은 넓은 농토에 드문드문 섬처럼 분포되어 있었다.

팽천택은 토지 문서를 관리하는 관료를 돈으로 매수해 해당 돌산을 제 산의 지맥으로 고쳐 버렸다.

그러고는 태청장원의 땅이 팽가의 것이니 공짜로 넘기라고 계속 협박을 하고 있다는 것이다.

"그게 싫으면 딸을 내놓으라고 하고 있지. 장주의 입장이 아주 난처하게 됐어요."

"그 딸이 제갈화영과 친구라면서요. 제갈세가에서 아무 힘도 안 써 주는 거예요?"

"여기가 제갈세가의 영역이긴 하지만 팽가의 힘도 만만치는 않다우. 아무리 딸의 친구라도 고만한 장원 하나 때문에 팔대세가끼리 얼굴 붉히기란 쉽지 않지."

"그래서 제갈화영이 그런 화영방을……."

"태청장원의 딸이 그 일로 앓아누울 지경이 되니 그만 괴롭히라고 나선 거요."

"그런데 아까 듣자니, 팽천택은 태청장원을 포기하지 않을 거 같던데……."

팽천택은 분명 그렇게 말 했다. 제갈화영을 맞이하기 위한 혼수품으로 태청장원을 손에 넣어야겠다고.

"제갈 소저도 팽천택이 그 정도로 나쁜 놈일 거라곤 생각을 못 한 게지. 이거 참 맛있구만."

남궁혁은 음식에 손도 안 대고 팔짱을 낀 채 생각에 잠겼다.

그가 알고 있는 제갈화영은 제갈세가가 애지중지하는 천재다. 그런 그녀가 팽천택의 심성에 대해서 몰랐을까?

물론 열 길 물속보다 한 길 사람 속을 더 알기 어렵다는 말도 있긴 했다.

그래도 명문가의 공자인데 그렇게까지 비열할 거라고 생각 못 했을 수도 있으니까.

"일단 팽천택을 방해하고 봐야겠군."

당장 제갈세가로 쳐들어가서 내단을 줄 테니 제갈화영을 달라고 할 수도 있겠지만, 그건 그리 현명한 방법이 아니었다.

상대는 제갈세가다. 내단만 받고 제갈화영을 내주지 않

기 위해 온갖 머리를 쓸 게 분명했다.

그녀가 아무리 가주의 금지옥엽이라고 해도, 제갈세가의 가주쯤 되는 사람이 자기 딸의 목숨을 건지기 위해 손해만 보는 거래를 하진 않을 테니까.

가장 좋은 방법은 화영방의 답을 알아내 제갈화영에게 참모로 와 달라고 하는 거지만, 그 전에 제갈화영이 시집가 버리면 무용지물이었다.

남궁혁은 거지에게 술 한 병을 더 시켜 주고 태청장원의 위치를 물었다.

녀석이 제갈화영을 곤란하게 만드는 건 다 태청장원 때문이었으니, 한번 확인해 볼 필요성이 있었다.

거지가 알려 준 방향으로 무한에서 꼬박 반나절을 걸어가자 너른 농토가 펼쳐졌다.

저 먼 곳에 높은 산이 있고, 그 산 아래로 펼쳐진 땅이었는데 정말로 농경지 중간중간에 집채만 한 크기의 돌산이 박혀 있었다.

저게 그 문제의 돌산인 모양이었다.

"산이라고 치기엔 좀 작긴 하네."

남궁혁은 밭으로 내려가 돌산에 다가갔다.

누가 심어라도 놓은 것처럼 불쑥 솟아 있는 돌산은 그 색이 특이했다.

어느 부분은 회색이고 어느 부분은 붉었는데, 일부분은 반짝거리기도 했다.

"어라?"

돌산의 부스러기를 손에 들고 가만 바라보던 남궁혁의 눈에 이채가 어렸다.

뜻하지 않게 문제를 해결할 방법을 찾은 것 같았다. 남궁혁은 씩 웃고는 주변 사람에게 물어 태청장원을 찾아갔다.

"계십니까?"

문을 두드리자 나이 많은 하인 하나가 무슨 일이냐면서 문을 열었다.

남궁혁은 예의 바르게 입을 열었다.

"저는 섬서에서 대장장이를 하는 남궁혁이라고 하는데, 장주를 뵙고 싶습니다."

"장주님은 외인을 함부로 만나지 않습니다. 돌아가십시오."

낯선 이를 경계하는 기색이 역력한 것이, 아무래도 팽천택한테 호되게 시달린 모양이었다.

거절의 말과 함께 문이 닫히려 하자, 남궁혁이 뒷말을 덧붙였다.

"장주님의 고민을 해결할 수 있는 답을 가져왔는 데 말입니까?"

"그, 그게 정말입니까?"

하인은 미심쩍음을 거두지 못하면서도 다시 문을 열었다.

"잠시만 여기서 기다리십시오. 장주께 말씀드려 보겠습니다."

남궁혁이 문 앞에서 기다리고 얼마 지나지 않아 하인이 돌아왔다.

그는 장주가 남궁혁을 보기로 했다면서 정방(正房)으로 안내했다.

정방 안에는 고고한 풍채의 중년 사내가 앉아 있었다. 그는 남궁혁에게 앉을 것을 권하고 차를 따랐다.

"내가 장주 태연흠이오. 내 고민을 해결할 답을 가져오셨다고 들었는데."

"네, 그렇습니다."

"혹 남궁세가에서 이 일에 개입해 주시는 거요?"

아무래도 태 장주는 남궁혁이 남궁세가 본가에서 온 사람인 줄 안 모양이었다. 남궁혁이 고개를 젓자 실망하는 기색이 역력했다.

"제가 온 건 본가와는 연관이 없습니다. 남궁세가가 무림 제일 세가라지만 팽가와 알력이 생기는 건 별로 좋은 일이 아니니까요."

"그건 그렇소만, 그러면 공자는 내 고민을 어떻게 해결해 줄 작정이오?"

태 장주의 말투는 다소 딱딱해졌지만 여전히 기대를 버리진 않은 듯했다.

"저는 섬서에 있는 남궁장인가라는 대장장이 가문의 소가주입니다. 자체적으로 광산도 확보하고 있어서 광산에 대해서 지식을 갖고 있지요."

"광산?"

남궁혁은 빙긋 웃었다.

광산에 대한 정보는 일반적으로 사람들에게 잘 알려져 있지 않은 내용이었다.

"보통 자기가 소유한 토지에 채굴할 광석이 있으면 알고 신고한 사람에게 채굴권이 돌아가지요. 광물이 있는 지맥의 주인이 누구든 그건 상관이 없어요."

"그게 지금 우리 장원의 문제와 무슨 상관인가?"

"저 돌산 말인데, 제가 가서 살펴보니 철광석이더군요."

그 말을 들은 태 장주는 벼락이라도 맞은 듯 눈을 부릅떴다.

이해가 빠른 사람이라 다행이야. 남궁혁은 웃으며 말을 이었다.

"물론 광맥으로 신고를 하려면 채굴량이 좀 되어야 한다는 조건도 있고, 그걸 증명할 사람도 필요합니다만. 다행히도 제가 이름이 좀 있는 대장장이라서요. 저 돌산이 캘만한 광석이라는 보증은 해 드릴 수 있습니다."

남궁혁이 자신의 명성을 자부하고 나서자, 태 장주는 그제야 뭔가 생각난 듯 손뼉을 쳤다.

"설마 자네가 기린장 남궁혁인가?!"

"네, 그렇습니다."

기린장의 이름은 이곳 무한에서 지어진 이름이었다.

때문에 무림 세상에 별로 아는 게 없는 태 장주도 그를 알고 있었다.

당장 눈앞의 일이 시급해 미처 알아차리지 못했을 뿐.

그가 중원 전체에 이름을 널리 떨치고 있는 대장장이라는 사실을 알자, 태 장주의 눈에 남궁혁에 대한 신뢰가 깃들었다.

"그러니까 자네 말은, 저 돌산을 통째로 캐 버리라는 소리군."

"바로 그거죠."

태 장주의 얼굴이 서서히 밝아졌다.

정말 이 젊은 청년이 그가 가진 문제를 해결할 답을 가져온 것이다.

돌산을 광맥으로 신고하고 통째로 캐 버리면 산이 아예 사라져 버리는 것이니, 팽천택은 산과 그 주변의 땅을 자신의 것이라 우길 수 없었다. 산이 없는데 뭘 어쩌겠는가.

"그치만 중간에 팽가에서 방해를 하지는 않겠나? 이미 관료까지 매수한 이들인데."

"보통 성에서 광맥에 대한 권한은 토지를 관리하는 관료보다 더 높은 관료의 소관이지요. 팽가의 이름이 아무리 높대도 가주도 아니고 삼 공자 정도가 매수할 수 있는 사람은 아닐 겁니다."

"호오, 그렇군."

태 장주의 안색이 점점 밝아졌다.

뒤이어 남궁혁은 태 장주와 함께 자세한 얘기를 논의하기 시작했다.

*   *   *

보름 후.

팽천택은 룰루랄라 콧노래를 부르며 마차를 타고 태청장원으로 향하고 있었다.

마음 같아서는 화영방을 본 날 당장 달려와 태 장주를 압박하고 싶었지만, 그래서야 제갈화영에게 자기가 너무 몸 달은 티를 내게 되지 않나.

그동안 자신이 마음고생 한 것을 보답 받으려는 속셈도 있었다.

화영방을 본 날 이후로 이렇다 할 태도를 취하지 않고 기방만 들락거렸으니 제갈화영의 속이 새카맣게 탔으리라.

'후후, 머리가 아무리 좋아 봤자 계집이 계집이지.'

팽천택은 입이 귀 끝까지 찢어졌다.

하북의 본가로 서찰을 보내 제갈세가로 혼담을 넣게 했으니, 혼담이 성사될 때까지만 장원을 압박하면 될 일이었다.

무사히 납채(納采)를 보낼 때까진 계속 장원을 귀찮게 굴 생각이었다. 그래야 제갈화영이 딴마음을 안 먹을 테니까.

재수가 좋다면 태 장주의 딸도 첩으로 취할 수 있을지 모르고.

절친한 두 여자를 한 집에 두면 얼마나 좋겠느냔 말이다.

그런 생각을 하는 사이 마차는 태청장원에 도착했는지 멈춰 있었다.

"삼 공자, 좀 나와 보십시오!"

"음? 뭐야. 무슨 일이냐?"

"산이 사라졌습니다!"

"뭐?"

무슨 헛소리냐고 하며 마차의 장막을 걷자 놀라운 풍경
이 펼쳐져 있었다.

집채만 한 검은 돌산이 군데군데 박혀 있던 태청장원의
땅이 말끔하게 정리되어 있었다.

팽천택이 팽가의 산이라고 주장하던 돌산은 조금의 흔적
도 찾아볼 수 없었다.

"이게, 이게 어떻게 된 일이야!"

팽천택은 씩씩거리며 성을 냈지만 호위 무사들이라고 알
턱이 있나.

하는 수 없이 그는 주변에서 밭을 갈고 있던 태청장원의
소작농을 붙들어다 놓고 물었다.

"대체 여기 있던 산들이 다 어딜 간 거냐! 똑바로 불지
않으면 네 목을 쳐 버릴 것이다!"

"아, 아이고 공자님! 소인은 잘 모릅니다!"

"천지개벽을 한 것도 아닐 텐데 이 땅에서 소작질 하는
네놈이 그걸 왜 몰라!"

팽천택의 발길질에 소작농이 털썩 바닥으로 쓰러졌다.
팽천택은 화를 이기지 못하고 허리춤에 찬 도를 뽑았다.

눈앞에서 날붙이가 번뜩이자 소작농은 벌벌 떨며 바닥에
엎드렸다.

"아, 아는 대로 말하겠습니다요! 얼마 전에 태 장주님이 광부들을 불러다가 이 근처에 있던 돌산들을 다 캐내고 구멍은 흙으로 덮어 버린 게 답니다!"

"뭐? 산을 캐?"

팽천택은 믿기 어렵다는 얼굴로 몇 번을 되물었다. 하지만 소작농의 답은 똑같았다.

그는 멍한 눈으로 텅 빈 밭을 보다가 도를 쥐고 있는 손을 부들부들 떨었다.

"감히…… 감히……!"

"삼 공자! 진정하십시오!"

그러나 호위 무사들이 말리기도 전에 팽천택은 눈을 뒤집고 태청장원을 향해 달려가고 있었다.

＊　　　＊　　　＊

쾅―!

엄청난 소리와 함께 태청장원의 정문이 떨어져 나갔다.

그 소리에 태청장원의 모든 사람들이 마당으로 뛰어나왔다. 그 사람들 중에는 손님으로 대접받아 별채에 머물고 있던 남궁혁도 있었다.

"팽 공자! 이게 무슨 소란이요!"

태 장주가 문을 부수고 들어온 팽천택 앞에서 소리를 질렀다.

이제 산도 다 없앴으니 거리낄 것도 없었다.

게다가 지금 팽천택의 행동은 도가 지나쳤다. 무기를 든 채 정문을 박차고 들어오다니.

"감히, 감히 나를 우롱했겠다!"

그러나 팽천택은 대화가 통하는 상태가 아니었다.

그는 순식간에 신형을 쏘아 태 장주의 목을 노렸다. 분노 때문에 제정신이 아닌 게 분명했다.

"헉!"

태 장주는 서둘러 뒷걸음질을 쳤지만 팽천택의 도가 더 빨랐다.

모두가 장주의 처참한 모습을 상상하며 눈을 질끈 감았다. 여자들은 비명을 질렀다.

캉—!

도와 검이 부딪치는 요란한 소리가 들렸다. 태 장주는 그대로 자리에 풀썩 주저앉았다. 그는 벌벌 떨리는 손으로 목을 더듬었다. 떨어졌을 거라 생각한 머리는 아직 멀쩡히 붙어 있었다.

"남궁 공자!"

태 장주는 자신을 위해 팽천택의 도를 막아 낸 남궁혁을 보고 탄성을 질렀다.

그저 대장장이인 줄만 알았는데, 그 찰나에 두 사람 사이에 끼어들어 팽천택의 공격을 튕겨 내다니!

"네놈은 누구냐!"

갑작스러운 방해에 팽천택이 소리쳤다.

관자놀이 부분에 혈관이 도드라진 것이 어지간히 화가 난 모양이었다.

"귀가 먹었나, 태 장주께서 남궁 공자라고 한 걸 못 들은 건가?"

"남궁 공자?"

팽천택의 눈썹이 갈지자로 휘었다.

"남궁세가에서 너같은 놈을 본 기억이 없는데. 어디서 사칭질이냐!"

"그러는 나야말로 명문 팽가에 너 같은 무뢰한이 있단 얘기는 못 들었는데?"

"뭐? 무뢰한? 네놈 지금 말 다 했느냐!"

남궁혁은 부러 팽천택을 도발했다. 그가 이성을 잃을수록 유리했으니까.

상대는 하북팽가의 삼 공자다. 팔대세가 중 하나인 팽가와 척을 져서 유리할 것은 없다.

그러나 지금 상황은 남궁혁에게 전적으로 유리했다.

태청장원은 무림방파는 아니었지만 무한에서 나름 입지가 있는 장원이다.

여기 있는 모두가 팽천택이 다짜고짜 문을 박차고 들어와 장주의 목에 무기를 들이대는 모습을 보았다.

남궁혁이 이를 막아선 것을 두고 팽가에서 그를 대놓고 적으로 삼을 수 없다. 명분이 없으니까.

"감히 나 팽천택의 도를 막다니, 각오는 되어 있겠지!"

팽천택이 거친 일도를 휘두르며 순식간에 거리를 좁혔다.

남궁혁은 그 무식한 투로를 쉽게 피하면서 상대를 비꼬았다.

"어이구? 비무 신청도 안 하는 건가?"

"너 같은 버러지에게는 비무 신청도 아깝다!"

묵직한 태도가 한 번 휘둘러질 때마다 무시무시한 파공음이 울렸다.

팔뚝만 한 도를 자유자재로 휘두르는 걸 보면 얼마나 거력을 가진 놈인 건지!

게다가 도를 휘두르는 속도도 빠르고 정교했다.

사방과 머리 위에서 쏟아지는 다섯 마리의 호랑이를 전부 도륙할 수 있다는 오호단문도(五虎斷門刀)!

팽가의 유명한 가전 무공을 제대로 익힌 모양이었다.

남궁혁은 파죽지세로 쫓아오는 팽천택의 도를 요리조리 피했다.

그 모습은 마치 미꾸라지가 개울을 헤엄치는 것 같았다.

"네 녀석! 계속 피하기만 할 테냐!"

"돼지 멱따는 것처럼 휘두르는 도를 뭐 하러 상대해?"

살벌한 비무와 걸맞지 않은 농담에 주변에서는 웃음이 터졌다.

그 말에 팽천택은 씩씩거리며 도를 두 손으로 쥐었다. 그제야 남궁혁의 입가에서 미소가 사라졌다.

일전에 남궁현암에게 들은 적이 있다.

오호단문도는 한 손으로 펼치는 게 아니라 양손으로 펼치는 거라고.

과연 팽천택의 기세가 확연히 달라졌다.

주변의 사람들도 그걸 느낀 건지 순식간에 고요해졌다.

남궁혁은 이제야 제대로 검을 고쳐 잡았다. 팽천택의 도를 막아선 이후, 제대로 상대하지 않은 것은 팽가의 오호단문도를 견식해 보고 싶다는 이유에서였다.

실전 경험을 쌓을 수 있는 좋은 기회를 놓칠 순 없으니까.

사납게 눈을 홉뜬 팽천택이 도에 시퍼런 기운을 휘감은 채 쇄도했다.

어지러이 얽히는 팽가의 혼원보와 맞물린 도법은 그야말로 황포했다.

남궁혁은 팽천택의 도에 물린 듯 옴짝달싹하지 못했다.

한 번 도를 쳐 내면 곧바로 반대 방향에서 날아오고, 검을 맞댄 채 대치하면 예상이라도 한 듯 도를 흘려 기습한다!

팽천택의 도는 마치 귀신처럼 신출귀몰했다.

남궁혁이 아까와는 달리 입을 다물고 끙끙대자 팽천택이 회심의 미소를 지었다.

남궁 씨라고 조금 긴장했는데, 아무래도 그냥 방계에 불과한 모양이었다.

"고작 이따위 대연검법으로 팽가의 오호단문도를 꺾을 수 있을 것 같으냐!"

팽천택은 한껏 기세가 오른 듯 신나게 외쳤다.

남궁세가 본가 놈들도 아니고, 방계 놈이 오호단문도를 이길 수 있을 리가 없었다.

보통 파괴적인 힘 때문에 많은 사람들이 오호단문도는 오로지 힘을 중시한 무공이라고 생각하지만 실상은 반대다.

다섯 개의 문(門)을 만들고 마치 진법처럼 상대의 검을 옴짝달싹하지 못하게 만드는 도법.

한 번 들어가면 빠져나가지 못하는 구궁팔괘진처럼, 오호단문도는 오방진에 의해 구성되어 있다.

그러니 처음 공격을 허용하게 되면 지금의 남궁혁처럼 속수무책으로 휘말리는 것이다.

오호단문도가 유독 파죽지세 같은 공격성을 보이는 것도 그 때문이었다.

특히 남궁세가의 대연검법처럼 순리에 따르게 되어 있는 무공은 오호단문도에 취약했다.

팽천택은 손속에 사정을 두지 않고 남궁혁을 몰아붙였다.

이놈을 상대하다 보니 머리가 좀 식었다. 태 장주를 협박해 봤자 얻을 건 없었다.

'그래도 눈앞에서 한 놈 죽어 나가면 정신을 차리겠지.'

지금 상대하는 이놈은 어디선가 자신을 겁주려고 데려온 남궁세가의 먼 방계 무사인 게 틀림없었다.

일단 이놈을 제압하고, 그다음에 태 장주를 협박한다.

팽천택은 만족스럽게 웃었다. 완벽한 계획이었다.

캉—!

남궁혁이 지친 듯 뒤로 몇 발짝 물러났다. 팽천택은 이제 완벽히 승자의 미소를 지으며 고개를 뻣뻣이 세웠다.

"네 녀석 이름은 뭐냐. 목을 거두기 전에 이름 정도는 남길 기회를 주지.”

팽천택은 이런 자신의 자세가 하북팽가라는 명문가의 자제다운 아량이라고 생각했다.

그래서 남궁혁이 답도 없이 고개를 들고 돌진했을 때 무척 당황했다.

감히 이름을 남길 기회를 줬는데 그걸 걷어차?

그러나 건방진 놈이라고 소리를 지를 여유는 없었다.

“혁―!”

팽천택은 헛숨을 삼키며 남궁혁의 검을 막아 냈다.

검을 정수리까지 올리고 그대로 내려치는 단순한 초식!

그러나 마치 산사태를 도 한 자루로 막아 내는 것 같은 충격이 느껴졌다.

“크윽……!”

팽천택은 부들부들 떨리는 손으로 도를 바로잡으며 뒤로 물러났다.

실력을 숨기고 있었나? 놈의 기도는 완전히 변해 있었다.

느물거리고, 슬렁슬렁 피하던 놈이 마치 태산처럼 범접하지 못할 존재로 느껴졌다. 찌릿찌릿한 기세가 온몸을 엄습했다.

“그, 그래 봤자 방계 따위가!”

그는 다시 한 번 오호단문도를 펼치기 위해 자세를 잡았다.

남궁혁은 기다려 주듯이 제 자리에 서 있었다.

그러나 팽천택의 발은 쉽사리 움직이지 않았다. 놈의 눈 때문이었다.

그 눈동자는 오로지 자신만 바라보고 있었다. 비무를 하는 중이니 당연한 일이겠지만, 그 집중력의 깊이는 간담을 서늘하게 했다.

마치 땅바닥에 기어 다니는 벌레가 된 것 같다. 언제라도 손쉽게 밟혀 죽을 것 같은 벌레.

팽천택은 침을 꿀꺽 삼켰다. 온몸이 그만두라고 외치고 있었지만 팽가의 삼 공자로 자라 온 지난 세월이 이를 악물게 만들었다.

"아아아아아아악!!!"

그는 비명을 질러 대며 도약했다. 그리고 남궁혁의 머리를 노리고 도를 내리쳤다.

그렇게 소리라도 지르지 않으면 절대 움직일 수 없을 것 같았다.

오방 중의 중앙, 하늘을 선점하는 오호단문도의 필살격!

도날에 남궁혁의 정수리가 닿았을 때, 팽천택은 자신이 이겼다고 생각했다.

빠른 각법이 복부를 뒤흔들고, 그 때문에 허공에 다시 떠오른 자신을 불 뿜는 용이 하늘을 가르고 승천하는 것 같은 검이 난도질하기 전까지는!

팽천택의 옷자락은 순식간에 너덜너덜해졌고, 온몸에서 피가 뿜어져 나왔다.

남궁혁의 마지막 발차기에 그는 저 멀리 날아가 땅바닥에 쾅 소리를 내고 처박혔다.

팽천택의 도는 요란한 소리를 내며 바닥을 굴렀다. 호위 무사들은 안색이 희게 질린 채로 달려와 그들의 삼 공자를 챙겼다.

정신이 혼미한 가운데 팽천택은 겨우 한 마디를 내뱉었다.

"서, 설마 대연군림검……?! 방계 주제에……!"

남궁혁은 저벅저벅 걸어가 먼지 묻은 도를 집어 들었다. 날을 퉁 두드리니 좋은 울림이 났다.

"정말 괜찮은 도인데 주인을 잘못 만났군. 불쌍한 녀석."

"네, 네놈은 누구냐……!"

팽천택은 입가에서 피를 흘리면서도 남궁혁을 향해 손가락질을 했다.

피에 절은 듯 시뻘건 눈에는 자신이 졌다는 사실을 믿을 수 없다는 경악과 분노가 가득했다.

남궁혁은 들고 있던 팽천택의 도를 휙 던져 주며 말했다.

"남궁장인가의 소가주 남궁혁이다."

팽천택은 손을 뻗었지만 그의 도는 다시 땅바닥을 굴렀다. 호위 무사가 도를 수습해 주자 팽천택은 이를 벅벅 갈면서 남궁혁을 노려보았다.

"남궁혁…… 다시 볼 날을 기대하지."

"네 도한테 조금이나마 부끄럽지 않을 때가 되면 그때 와라."

호위 무사들이 곧 팽천택을 어깨에 짊어진 채 태청장원을 떠났다.

저 멀리 사라지는 팽천택을 바라보며 남궁혁은 미소 지었다.

"덕분에 대연군림검을 제대로 써 볼 수 있었네."

남궁혁은 일부러 검사를 쓰지 않았다. 팽천택의 도와 겨룰 수 있는 정도의 검기만을 두르고 검을 휘둘렀다.

일전에 남궁현암이 가르침을 주면서 대연검법의 천적은 오호단문도임을 말한 적이 있었다. 그런 오호단문도를 꺾기 위해서는 법칙 위에 군림하는 대연군림검이 필요했다.

지금까지 자연 위에 선다는 감각을 익히기 어려워했던

남궁혁으로서는 오히려 좋은 실전 경험이었던 셈이다.

검을 갈무리하고 아까의 경험을 되새기고 있던 남궁혁에게 태 장주가 다가왔다.

그는 아직도 눈을 퉁방울처럼 뜬 채였다. 아까의 놀람이 여태 가시지 않은 모양이었다.

"남궁 공자. 대체 이 고마움을 어찌 표현해야 할지……."

태 장주는 남궁혁의 두 손을 덥석 잡았다. 남궁혁은 지금 이 순간 태청장원의 은인이었다.

팽천택이 태청장원을 괴롭히던 수단을 해결하는 데 도움을 주었을 뿐만 아니라, 분노한 팽천택을 막아서기까지 했다. 그것도 더할 나위 없이 완벽하게 꺾어 버렸다.

팽가의 분노가 훗날 장원을 향할까 염려되긴 했지만, 당장은 속이 시원했다.

"내 공자가 원하는 것은 무엇이든 들어 드리리다."

그는 굳은 목소리로 말했다. 여차하면 팽천택이 탐내던 딸이라도 내어 줄 기세였다.

팽가 삼 공자와 검을 겨뤄 이길 수 있는 실력자라면 사위 삼기에 더없이 좋은 상대였으니 나쁜 선택도 아니리라.

그러나 남궁혁은 그 내심을 눈치 채고도 가볍게 고개를 저었다.

"여기 머무는 동안 훌륭한 숙식을 제공받았는데 어찌 사례를 바라겠습니까."

"소협, 그러지 말고……."

"정 그러시다면, 밭에서 캐낸 철광석을 받을 수 있을까요?"

"그 돌산의 철광석을 말입니까?"

남궁혁의 말이 의외였는지 태 장주는 다시 한 번 되물었다. 남궁혁은 고개를 끄덕이며 말을 덧붙였다.

"아, 그리고 근처에 괜찮은 대장간을 하나 소개시켜 주세요. 검을 만들어야 하거든요."

태 장주는 몇 번이고 원하는 게 그것밖에 없냐며 되물었다.

그러나 남궁혁의 의지가 확고하자 곧 그가 원하는 대로 모든 것을 마련해 주었다.

괜찮은 대장간이 수배되는 데는 이틀 밖에 걸리지 않았고, 태 장주는 곧 선별한 철광석을 야장으로 옮겨 주었다.

남궁혁은 철광석을 하나하나 살펴보았다.

채굴 때부터 눈여겨봤지만 꽤 상등품의 광석이었다.

"이 정도면 제법 괜찮은 검이 나오겠군."

남궁혁은 용광로에 철광석을 던져 넣으며 중얼거렸다.

그리고 칠 주야가 지나도록 대장간에서 나오지 않았다.

*　　　*　　　*

　　제갈세가의 금지옥엽이자 그 지혜로움으로 천기신녀라는 별호를 갖고 있기도 한 제갈화영은 그날따라 일찍 일어났다.

　　제갈화영의 하녀는 아침부터 단장을 해 달라는 그녀의 말을 이상하게 여겼지만, 주인의 말을 거스를 이유는 없었기에 그녀를 곱게 치장했다.

　　얼음처럼 희고 투명한 피부는 제갈화영을 괴롭히는 구음절맥이라는 병 때문이지만 하녀는 그것이 유독 아름답다고 생각했다.

　　거기에 난초처럼 가늘고 길게 뻗은 손가락과 가는 팔목.

　　곧게 뻗은 목은 암사슴처럼 가녀리고 가는 세필로 그린 것 같은 이목구비는 청초하기 그지없다.

　　나비 날개 같은 속눈썹을 짙게 칠하고 핏기 없는 입술에 잇꽃 같은 붉은 물을 들이고 나자 그 미모에 하녀는 절로 감탄했다.

　　하지만 그녀는 제갈화영을 오래 모셔 온 하녀답게 곧 감탄을 그치고 마무리를 시작했다.

　　"그나저나 아가씨, 들으셨어요?"

　　"뭘 말이니?"

하녀는 제갈화영의 머리에 화려한 장식을 꽂으며 재잘거렸다.

"팽 공자 말이에요. 어디선가 엄청나게 다쳐서 요양을 한다지 뭐예요."

"언제?"

"꽤 됐나 봐요. 하도 쉬쉬해서 저도 오늘에야 알았어요."

"호오, 그랬구나."

"그런데 오늘은 왜 이렇게 치장을 하시는 거예요? 평소에는 화장 같은 것 힘들어서 오래 못 하시면서."

"오늘이 말일이잖니."

하녀가 제갈화영의 말을 이해하기까지는 조금 시간이 걸렸다.

"아, 오늘이 이번 달 화영방의 기한 마지막 날이죠? 그치만 지금까지 한 번도 답을 가져온 사람은 없었잖아요?"

"글쎄."

하녀는 제갈화영의 말에 의아해하며 마저 장식을 꽂았다. 제갈화영은 그저 붓꽃처럼 웃어 보일 뿐이었다.

*   *   *

남궁혁은 검 한 자루를 등에 맨 채 제갈세가의 앞에 섰다.

과연 호북을 주름잡는 팔대 세가의 하나답게 대문 앞에 서부터 그 위용이 만만치 않았다.

문지기는 검을 매고 대문 앞에서 얼쩡거리는 남궁혁이 거슬리는지 눈썹을 꿈틀거렸다.

"이보시오. 세가에 볼일이 있소?"

"아, 화영방의 답을 갖고 왔다고 좀 전해 주시죠."

마침 잘됐다는 듯 남궁혁이 답했다. 문지기는 역시 그럴 줄 알았다는 듯 한숨을 탁 쉬었다. 그리고 들어가 보라는 듯 안쪽으로 고갯짓했다.

문을 들어서자마자 남궁혁은 왜 문지기가 한숨을 내쉬었는지 알 수 있었다.

"자, 자 공자님들. 줄 제대로 서 주십시오!"

"새치기를 하시면 그대로 돌아가셔야 합니다!"

크나큰 제갈세가의 앞뜰은 그야말로 난장판이었다.

가장 큰 경쟁자였던 팽천택이 어디선가 크게 다쳐 앓아누웠다는 소식이 무한 전체에 퍼진 탓이었다.

이번 기회를 놓칠세라 근처에서 난다 긴다 하는 이들은 모두 제갈화영을 얻기 위해 달려온 모양인지 제갈세가의 사람들은 도전자들을 줄 세우고 장내를 정리하느라 정신이 없었다.

"소협, 방금 오셨소이까? 번호표를 받고 줄을 서시지요."

남궁혁은 번호표를 받아 들었다. 숫자는 백이십이 번. 장내를 둘러보자 열 명씩 맞춰 세워 놓은 줄이 열두 줄이었다.

"저기, 벌써 정오가 지나고 있는데 아직 한 명도 답안을 확인하지 않은 겁니까?"

번호표를 주던 사내가 자기도 당황스럽다는 듯 고개를 끄덕였다.

"예, 덕분에 장내 혼란만 엄청나지요. 이런 일은 처음이라 저도 당황스럽습니다. 원래는 아침부터 아가씨께서 도전자들을 만나시는데 말이죠. 이번엔 누구를 기다리신다고⋯⋯."

"기다려요? 누구를?"

"남궁혁이라는 자입니다."

"나를요?"

"소협이 남궁혁 공자십니까?"

남궁혁은 호패까지 빼어 들고 이름을 확인시켜 주어야 했다.

"아이고, 소협. 소인이 몰라뵈었습니다. 이쪽으로 가시지요."

사내의 안내를 받으며 남궁혁이 앞을 가로질러 가자 뒤에서 온갖 불평불만이 들려왔다.

"저자는 뭐요! 난 아침부터 기다렸는데!"

"나는 어젯밤부터 기다렸다고!"

뒤에서 들리는 불평만큼이나 남궁혁의 얼굴도 편치 않았다.

대체 왜? 무엇 때문에 제갈화영이 자신을 지목해 기다리고 있는 것일까.

그녀를 만나려던 소기의 목적을 쉽게 달성하긴 했지만, 남궁혁은 괜히 불안해졌다.

그는 곧 방 안으로 안내됐다. 방의 절반은 긴 수렴이 쳐져 있었는데, 가느다란 수렴 사이로 여인의 형태가 보였다. 제갈화영이 틀림없었다.

"어서 오세요, 남궁 공자. 답을 보여 주시지요."

비단처럼 나긋나긋한 목소리가 들려왔다. 남궁혁은 침을 꿀꺽 삼키곤 등에 맨 검을 풀어 내려놓았다.

그러자 구슬로 된 발을 헤치고 하녀가 나와 그 검을 가지고 다시 안으로 들어갔다. 제갈화영이 검을 살피는 것 같았다.

"이게 제 화영방에 대한 답입니까?"

"태청장원에 있는 돌산을 통째로 녹여 만든 검입니다. 그 정도면 여인인 제갈 소저도 충분히 들고 갈 수 있는 산이죠."

남궁혁은 긴장하지 않으려고 애쓰면서 대답했다. 사실이 답은 화영방의 일부만 충족한 대답이었다.

융중의 산 옆에 산을 하나 더 세우려 하니, 아녀자도 들고 갈 수 있는 산을 가져오는 이는 후한 사례를 받을 것이다.

아무리 머리를 싸매도 '융중의 산 옆에 산을 하나 더 세우려 하니' 라는 구절은 해석할 수 없었으니까.

남궁혁이 조마조마하게 앉아 있자, 이내 제갈화영이 검을 내려놓는 소리가 들렸다.

"정답을 잘 찾아 오셨군요."

그는 속으로 쾌재를 불렀다. 어찌 됐건 간에 남궁혁이 건넨 검이 제갈화영의 마음에 든 모양이었다.

"그러면 이제 제게 구음절맥을 치료할 약을 주시겠어요?"

"예?"

방금 뭘 잘못 들었나? 남궁혁은 얼떨떨한 얼굴로 귀를

툭툭 때렸다.

제갈화영은 방금 약을 달라고 했다. 남궁혁이 내단을 갖고 있는 걸 알고 있었다.

"제갈 소저, 지금 그게 무슨 소리신지……."

"어머. 화영방의 첫 구절은 미처 해석하지 못하셨나 봐요?"

부끄럽지만 실제로 해석을 하지 못한 게 맞았기에 남궁혁은 고개를 끄덕였다.

"융중의 산 옆에 산을 하나 더 세우려 하니, 그 말은 제가 제갈세가를 떠나 새로운 곳에 자리를 잡길 원한다는 뜻이었죠."

"그 말은……?"

"당신이 구해 온 약이 나의 병을 낫게 한다면, 기꺼이 당신을 따라가겠다는 의미였답니다."

흔들리는 수렴 사이로 제갈화영의 붉은 미소가 힐끗 보였다.

남궁혁은 얼떨떨함이 가시지 않았다. 제갈화영은 모든 걸 알고 있었다. 대체 어떻게?

제갈화영은 그런 남궁혁의 모습을 즐기듯 키득거리다가 입을 열었다.

"공자께서 오시는 걸 예상하고 그런 화영방을 붙인 거랍니다.”

“그게 정말입니까? 그러면 내가 태청장원의 문제를 해결할 것도……?”

“태청장원의 딸이 저와 절친한 사이긴 하지만, 팽가가 끼어들어서 아버지도 함부로 할 수 없었죠. 마침 대장장이인 당신이 이곳으로 오고 있다는 걸 알았고, 무슨 목적으로 오는지도 알고 있었기 때문에 화영방을 내걸면 이 일에 끼어들 거라고 생각했거든요.”

정확하게 맞아 떨어졌다.

제갈화영은 자신의 문제를 해결할 이, 즉 태청장원에 광산에 대한 지식을 전해 주고 광맥에 대한 보증을 해 줄 이가 필요했다.

그리고 남궁혁은 제갈화영을 만나야 했기에 이 일에 적극적으로 끼어들었다.

“내가 여기 오는 건 알고 있었다쳐도, 당신을 남궁장인가로 데려가려는 목적까지 알고 있었다고요?”

“남궁 공자가 섬서를 떠난 지 얼마나 됐지요? 반 년 정도던가요? 이 제갈세가의 귀는 개방이나 하오문 못지않아요. 특히나 빈객들이 자주 드나드는 남궁장인가 같은 곳에선 아무리 단둘이 나눈 이야기라도 새어 나오게 되죠.”

남궁혁은 침을 꼴깍 삼켰다.

외부에서 들어온 사람들이 많긴 했지만, 평소에도 다양한 사람들과 왕래가 잦은 게 이런 식으로 허점을 만들었을 줄이야.

"이 사실은 저만 알고 있으니 걱정 마세요. 제가 가면 그 구멍은 전부 메워 드리죠. 그래도 이번 기회가 아니었다면 제가 어떻게 외간 남자와 독대할 구실을 만들겠어요?"

제갈화영은 소매로 입을 가리고 호호호 웃었다. 남궁혁은 등줄기에 식은땀이 흐르는 것을 느꼈다. 과연 천기신녀라는 별호를 얻을 만했다.

"과연 제갈세가의 천재라 불릴 만하군요."

"과찬이세요. 규방에 앉아 할 수 있는 거라곤 생각하는 것밖에 없다 보니 생겨난 미천한 재주일 뿐이랍니다."

남궁혁은 그녀의 재기에 감탄하며 품 안에서 태양화리의 내단을 꺼냈다.

"태양화리의 내단입니다."

하녀가 다가와 수렴을 걷었고 내단을 받아 갔다. 남궁혁은 그제야 제갈화영과 제대로 얼굴을 마주할 수 있었다.

제갈화영은 내단을 받아 조심스레 이리저리 살피곤 다시 목갑에 넣었다.

"이게 말로만 듣던 태양화리의 내단이군요. 그런 영물이 정말 있을 줄이야…… 이거면 정말 구음절맥을 치료할 수 있을지도 모르겠습니다. 감사합니다, 남궁 공자."

제갈화영은 자리에 앉은 채로 두 손을 모아 깊게 절을 올렸다.

어쩐지 머쓱해진 기분에 남궁혁은 볼을 긁적였다.

"치료는 제갈세가에서 하는 게 더 좋을 테니까 몸이 나으면 남궁장인가에 한 번 들러 주세요."

"제가 내단만 받고 약속을 안 지킬 수도 있는데, 뭘 믿고 제게 이 귀한 걸 그냥 덥석 주시나요?"

말을 듣고 보니 또 그랬다. 분명 제갈세가에 오기 전에는 제갈 가주가 딸을 내주지 않으려고 할지도 모른다고 생각했는데.

제갈화영이 내단을 홀랑 먹고 입을 씻을 거라는 생각은 전혀 하지 못했다.

이전의 삶에도 제갈화영을 만나 본 적이 없는데. 무의식 중에 뛰어난 사람이니 선하고 신뢰할 만하다고 생각한 걸까.

생각이 얼굴에 드러난 듯 제갈화영이 생긋 웃었다.

"모든 책략은 의심에서부터 나오는 거랍니다. 사람의 선한 마음을 믿는 공자의 마음가짐은 아름답지만, 대장장이 세가라는 대담한 행보를 취한 분이라고 믿기는 어렵네요."

"제가 그걸 못하니까 소저를 모시려는 거죠."

남궁혁은 선뜻 인정했다. 제갈화영은 그것이 더욱 마음에 드는 듯 소리 높여 웃었다.

"호호. 걱정 마세요. 이미 어젯밤에 부친께 허락을 맡아 두었답니다."

"가주께서 용케 허락하셨네요."

"이럴 때를 대비해 일부러 아버지께 답을 가르쳐 드리지 않았던 일들이 있거든요. 협상의 기본이지요. 이 제갈화영의 약속은 천금과 같으니 염려 마시길."

제갈화영은 그렇게 말하고 자리에서 사뿐 일어났다. 그러고는 안채로 돌아가려다가 문득 생각난 듯 발을 멈췄다.

"소녀가 공자의 숙소에 선물을 하나 보내 두었는데, 마음에 드셨으면 좋겠네요."

그렇게 말하고는 깃털처럼 가볍게 인사한 후 자리를 떴다.

남궁혁은 조금 앉아 있다가 이내 자리에서 일어났다. 어쩐지 귀신에게 홀린 것 같은 한 때였다.

*　　　*　　　*

화영방의 답이 나왔다며 시끌벅적한 거리를 지나쳐 남궁혁은 객잔으로 돌아왔다.

그는 두근거리는 마음으로 방에 들어왔다. 과연, 고급스러운 흑단목 상자 하나가 방 한가운데에 가지런히 놓여 있었다.

상자를 열자 그 안에는 한 권의 무공서가 있었다. 제목을 읽은 남궁혁은 깜짝 놀라며 눈을 홉떴다.

"오행신공이잖아?!"

오행신공. 이제는 맥이 끊긴 오행신궁의 절세 신공이다.

화기, 수기, 목기, 토기, 금기. 이 다섯 가지 종류의 심공을 전부 익혀 상생상극하며 익히는 신공으로, 원합신공이 없으면 불쏘시개보다 못한 물건이기도 했다.

"거참. 알면 알수록 혀를 내두르게 되는군."

이것을 굳이 제갈세가 내에서 주지 않고 남궁혁의 숙소로 보낸 의미도 이해할 수 있었다.

제갈세가의 창고에서 몰래 꺼내 보내 준 물건인 것이다.

제갈화영, 참 알면 알수록 재미있는 소저였다.

*　　　*　　　*

제갈화영을 생각하며 유쾌하게 키득거리던 남궁혁은 이내 오행신공과 원합심공을 늘어놓고 생각에 잠겼다.

원합심공은 다양한 종류의 진기를 한 줄기로 통합해 준

다는 점에서 무당의 양의심공과 비슷한 것 같지만 실제로는 매우 다르다.

양의심공은 한 번에 두 개의 심법을 익힐 수 있는 기능을 가진 심법.

반대로 원합심공은 이미 익힌 심법의 진기를 하나의 성격으로 섞어 버린다.

본래 갖가지 심법을 익혀 보다가 주화입마에 걸린 이들을 위해 만들어진 심공이다 보니 갖게 된 성격이었다.

한 개의 육체에 두 개 이상의 심법. 그것도 원류가 아주 다른 심법을 익힌다는 것은 혈도 내에 진기의 충돌을 불러일으킨다.

체질이 남다르거나 운이 좋지 않은 이상 주화입마에 걸리는 교본이라고 말할 정도다.

그런데도 불구하고 여러 심법을 익히는 이들은 심심찮게 있었다.

이유는 여러 가지가 있지만 그중 주된 것이라면, 남궁혁처럼 맨 처음에 배운 심법의 질이 그리 좋지 않은 경우다.

원래 가지고 있던 심법으로 어느 정도 경지에 오른 이들은 그다음 단계를 꿈꾸지만, 자신을 그 실력까지 끌어올려 준 심법의 한계에 부딪치는 경우가 잦다.

좌절을 거듭하고도 향상에 대한 욕심을 버리지 못한 이

들은 또 다른 심법의 운용에 손을 뻗고 만다.

자신이 다수의 심법을 운용할 수 있는 체질을 타고났기를 바라면서.

만약 그런 체질을 타고났다면 이종 진기가 몸 안에서 공존하며 좋은 심법 하나만을 배웠을 때보다 더 탁월한 경지로 나아갈 수도 있다.

남궁혁은 그렇게 무식하게 내공을 늘릴 생각은 없었다.

더 높은 경지에 대한 갈망이 있긴 하지만 운 좋게 얻은 새 삶을 버리고 싶을 정도는 아니니까.

그러나 지금 남궁혁의 손에는 원합심공이 있다.

탁월한 체질을 갖고 태어나진 않았지만, 그와 비슷하게 만들어 줄 수 있는 심법.

문제는 원합심공에도 위험성이 존재한다는 점이었다.

안전하게 두 개의 심법을 익힐 수 있는 양의심공과는 다르다.

지금 남궁혁의 경우, 대연심공을 익힌 상태에서 오행신공을 운용한 다음 원합심공으로 두 종류의 진기를 하나로 가다듬어야 했다.

'즉, 자칫하면 주화입마에 빠져 폐인이 될 가능성이 있다는 건데.'

남궁혁은 원합심공의 책장을 팔락팔락 넘기며 미간을 좁

혔다.

심지어 이 무공서는 두 개의 이종 진기가 공존하는 것보다 부딪칠 때, 즉 반 주화입마 상태에 빠졌을 때 운용해야 그 효과가 더 뛰어나다고까지 설명되어 있었다.

단순히 두 개의 심법을 운용할 수 있는 심공이라고만 생각했는데.

"으음……."

어차피 고민해 봤자 답은 하나였다.

더 높은 경지로 발돋움하기 위해 흑점에서 원합심공을 구한 게 아닌가.

거기에 적당한 상승의 무공도 있다.

위험할 가능성이 적잖이 있지만, 남궁혁은 자신이 배운 대연심공과 오행신공의 조화를 믿어 보기로 했다.

자연을 기반으로 하는 대연심공과 자연의 오행을 기반으로 하는 오행신공이니 정도 심법과 마도 심법처럼 심각한 충돌이 있진 않을 것이다.

"그러면 겸사겸사 하남에 들러 보는 게 좋겠군."

남궁혁은 짐을 챙겨 일어나며 중얼거렸다.

주화입마에 빠질 가능성이 농후한 수련이니 가급적 안전한 곳을 찾아야 했다.

여기 무한은 그렇게 적합한 곳이 아니었다.

제갈화영의 화영방을 풀어낸 사내가 남궁혁이라는 소문은 곧 무한 전체에 퍼질 것이다.

소문의 주인공을 보고 싶어 하는 이들은 남궁혁이 머무는 객잔을 찾아낼 테고, 집중을 요해야 하는 상황에 그건 별로 달갑지 않은 방문일 게 틀림없었다.

태청장원에 방을 내 달라고 부탁하는 방법도 있지만 그것도 내키지 않았다.

남궁혁의 수중에 있는 오행신공은 제갈화영이 준 선물이기는 하지만 엄연히 말해서 제갈세가의 물건을 무단으로 가져온 것이나 마찬가지였다.

오행신공의 무공서가 사라졌고 그것이 남궁혁에 손에 있다는 사실이 제갈 가주의 귀에 들어가기까지 얼마나 걸릴까?

그걸 생각하면 제갈세가의 세력권과 가까운 태청장원에 신세를 지는 건 썩 현명한 선택이 아니었다.

게다가 태 장주는 어떻게든 남궁혁을 자기 여식과 이어 보려는 것 같은데, 수련을 해야 하는 입장에 여자라니. 얼마나 방해를 받을지 벌써부터 눈에 선했다.

그때 생각난 것이 하남성이었다.

하남.

남궁장인가와 오랜 세월 거래를 해 온 진련상단의 근거

지며, 동시에 남궁혁이 정마대전을 막기 위해 도움을 줬던 대력문이 있는 곳.

진련상단의 행수인 진소령이라면 남궁혁이 마음 편히 수련할 수 있는 공간을 제공해 줄 것이다.

마침 대력문 내부의 파벌 싸움이 어떻게 됐는지도 궁금하던 차였다.

비밀에 붙여진 거래였기에 진소령도 거래 이후 그와 관련된 얘기를 꺼내지 않은 탓이었다.

어차피 강호를 떠돌러 나온 길이라 많은 곳을 보고 싶은 생각도 있었기에 남궁혁은 마음을 결정하자마자 짐을 싸서 객잔을 나섰다.

남궁혁이 객잔을 나서자마자 일단의 무리들이 시끌벅적하게 떠들며 객잔으로 들어가는 소리가 들렸다.

"기린지장(麒麟智匠) 남궁혁이 이 객잔에 머문다는 게 사실이요?"

점소이에게 묻는 소리가 바깥까지 들렸다. 조금이라도 늦었으면 귀찮아질 뻔했다.

"그나저나 기린지장이라니……."

화영방의 답을 알아낸 사람이라 별호에 지혜롭다는 뜻의 지(智) 자를 붙여 준 모양이었다.

어쩐지 대장장이의 별호치고는 과한 감이 있어서 남궁혁

은 머쓱해졌다.

남궁혁이 모든 답을 알아낸 것도 아니고 사실상 제갈화영의 뜻에 따라 춤을 춘 것뿐인데.

괜히 얼굴이 화끈거려서 남궁혁은 소란스러운 무한을 뒤로하고 하남으로 향했다.

第三章
환귀곡

한 달 후.

덜컹덜컹.

흔들거리는 짐마차 뒤에 걸터앉은 남궁혁은 느릿느릿 지나가는 주변의 풍경을 구경했다.

그는 지금 하남 북부로 향하는 표행과 함께 진련상단으로 가는 중이었다.

가장 중요한 목표였던 제갈화영과의 만남도 성사했으니 딱히 급할 게 없었다.

덕분에 남궁혁은 유유자적하며 황하를 거슬러 오르는 배를 타고, 북부에 접어들면서부터는 이처럼 잘 관리된 낙양의 관도를 타고 주변을 구경하며 이동했다.

한동안 따라붙는 이들이 없어 편한 길을 택했더니 마음도 여유로웠다.

오면서 놀기만 한 건 아니었다.

먼 거리를 이동하면서 당장 오행심공을 익히기엔 위험성이 컸기 때문에, 대신 짬짬이 두 심공의 구결을 완전히 외우는 데 집중했다.

특히 원합심공의 무공서는 한 글자도 빼놓지 않고 암기했다.

원합심공은 주화입마에 빠지기 직전 상태에서 펼쳐야 했기에 무슨 상황에서도 구결에 따라 운기할 수 있게 외워 두어야 했다.

원래 그렇게 기억력이 탁월한 편은 아니었는데, 신기하게도 대연심공의 원본을 배우고 난 이후부터 제법 괜찮은 기억력을 갖게 된 덕분에 크게 어렵진 않았다.

"남궁 소협, 저 골목만 지나면 진련상단입니다."

표사 하나가 다가와 남궁혁에게 도착을 알렸다. 잠시 생각에 잠겨 있는 사이 거리로 들어온 모양이었다. 곧 으리으리한 장원이 눈에 들어왔다.

"허어, 진련상단이 이렇게 성장했나?"

남궁혁은 가도 가도 정문이 나오질 않는 장원의 규모를

보며 감탄했다.

하긴, 남궁혁이 진련상단과 만난 것도 벌써 오 년이 넘었다.

남궁장인가가 성장을 위한 발판으로 진련상단을 주 거래 상단으로 선택하면서, 상단이 엄청난 성장을 거뒀다는 얘기는 익히 들어 알고 있었다.

가뭄이 심했을 시기 저렴한 가격에 넘겼던 곡물이 단단한 밑바탕이 되어 준 모양이었다.

거기에 남궁장인가의 성장과 맞물려 큰 이득을 취했으니까.

남궁장인가가 있는 섬서에 그럴싸한 지부를 차렸기에 하남의 본점도 상당할 거라고 예상은 했지만, 그래도 말로 듣는 것과 직접 눈으로 보는 것의 차이는 상당했다.

마차가 한참을 덜컹거리며 달린 끝에 진련상단의 정문이 나왔다.

미리 연락을 받은 진소령이 상단 사람들과 함께 직접 나와 있었다.

"진 행수님, 오랜만에 뵈어요."

"소가주님. 어서 오십시오. 하남에서 뵙게 될 줄은 몰랐습니다."

진소령은 미소 지으며 남궁혁을 깍듯하게 맞이했다.

상단 사람들도 너 나 할 것 없이 남궁혁에게 포권을 취해 보이며 인사를 건넸다.

남궁장인가와 진련상단은 한 식구나 다름없는 사이였으니까.

특히 오 년 전, 진소령과 함께 섬서를 찾았던 이들은 진우와 진하 때문인지 유독 남궁장인가를 친근하게 여겼다.

진소령은 남궁혁이 온다는 말에 별채 하나를 통째로 비워 두었다며 남궁혁을 안내했다.

내원 쪽으로 한참을 걷자 깔끔한 정원과 조용한 연무장이 갖춰진 별채가 모습을 드러냈다.

수많은 물건과 사람이 오가느라 북적거리는 외원과는 전혀 동떨어진 분위기였다.

"저희 상단에서 머물며 수련을 하고 싶다고 하셔서 준비해 뒀습니다. 몇몇 하인들 외에는 출입하지 않을 테니 집중하시기 좋을 거예요. 필요하신 게 있다면 뭐든 이 진소령에게 말씀해 주세요."

"이렇게까지는 안 해 주셔도 되는데."

"본 상단의 가장 중요한 분을 모셨는데 더한 것도 해 드려야지요. 소가주를 홀대했다는 말이 들어가면 민 총관님이 역정을 내실 걸요."

"아아, 민 총관이 화나면 무섭긴 하죠. 꽤 오래 안 봤더니 보고 싶네."

"지난번에 제가 갔을 땐 잘 지내고 계시더군요."

두 사람은 안으로 들어가 마주 앉았다. 진소령은 지난번 남궁장인가에 갔을 때 세가가 어떻게 돌아가고 있었는지에 대한 얘기를 전해 주었고, 남궁혁은 그간 강호를 돌아다니며 보고 들었던 말들을 하며 둘은 한동안 대화를 주고받았다.

"그나저나 어쩌다가 하남에 오신 건가요? 민 총관이 말하길 소가주께서 사천 쪽으로 가셨다고 하기에 하남에 오실 거라곤 꿈에도 생각하지 못했습니다."

"예전에 진 행수가 맡겼던 일이 어떻게 끝났는지 궁금해서요. 대력문 말이에요."

대력문의 얘기를 꺼내자 진소령이 무슨 얘기인지 알았다며 고개를 끄덕였다.

"소가주께서 그때 일을 수락해 주신 덕분에 검을 의뢰했던 쪽에서 승리를 거뒀습니다. 지금은 안정을 되찾았죠."

진소령의 말에 남궁혁이 안도의 숨을 쉬었다.

다행히 이번 삶에는 하남혈겁이 일어나지 않은 모양이다.

누군가 남궁혁의 생각을 읽는다면 고작 중소문파의 문제에 왜 그렇게 신경 쓰는 걸까 싶으리라.

아무리 해당 사건이 정마대전의 시초라고 한들, 구대문 파도 팔대세가도 아닌데.

문제는 대력문의 위치였다.

하남. 당나라 시절부터 도읍지였던 낙양이 있는 이곳엔 천 년의 수도를 내려다보는 숭산(嵩山)이 있다.

소림이 바로 이곳에 있는 것이다.

당시 마교는 소림을 꺾지 못한다면 무림 제패는 불가능한 염원이라고 여겨 소림의 앞마당에 마교의 선봉대를 심는 데 주력했다.

그중 하나가 바로 대력문이었다.

대력문은 주변에 많은 장원을 갖고 있었고 표국도 운영하고 있었기 때문에 무사들을 몰래 숨겨 놓기에 제격이었다.

그렇게 비밀리에 모였던 마교의 무사들이 일시에 소림을 공격했다.

소림은 끝까지 항전했지만, 마교가 모든 전력을 한꺼번에 쏟아 부은 탓에 결국 숭산을 내주고 말았다.

중원 무림의 정신적 지주나 다름없는 소림이 처음부터 꺾여 나가자 정파 무림맹은 사기에 엄청난 타격을 입었다.

때문에 남궁혁이 기억하고 있는 지난 삶의 정마대전에서 정파 무림맹이 속수무책으로 마교에게 유린당했던 것이다.

눈에 띄게 안도하는 남궁혁을 보며 진소령은 의아해하다가, 이내 뭔가 생각났다는 듯 입을 열었다.

"대력문의 해 문주께서 소가주를 한 번 만나 보고 싶어 하시는데, 괜찮으실까요?"

"해 소저, 아니 해 문주가요?"

"소가주께서 그때 의뢰를 받아 주지 않으셨다면 해 문주는 비장의 한 수를 손에 넣지 못했을 테니까요."

남궁혁은 잠깐 생각하다가 고개를 끄덕였다.

안 그래도 대력문에 넘겼던 그 검이 어떤 식으로 활용됐을지 궁금하던 차였다.

진소령은 바로 대력문에 전갈을 넣겠다며 일어났다.

이튿날.

남궁혁은 진소령과 함께 대력문으로 향했다. 마침 대력문으로 가는 물건도 있었기에 두 사람은 함께 마차를 탔다.

"간밤에 불편하신 곳은 없으셨나요?"

"진 행수님 덕분에 잘 잤어요. 그렇게 좋은 데서 자 보는 게 얼마만인지. 섬서에 있는 우리 집보다 편한 것 같더라구요."

남궁혁이 너스레를 떨자 진소령은 키득키득 웃었다. 그

렇게 몇 마디를 주고받자 할 말이 떨어졌다.

원래도 진소령은 일 외의 이야기를 잘 하는 성격이 아니었고, 남궁혁도 그렇게 재치가 있는 건 아니었으니까.

자연스레 마차 안에는 정적이 감돌았다. 대력문까지는 마차로 약 반 나절이 걸린다고 했다.

그때까지 뭘 한담. 남궁혁은 잠깐 고민하다가 소리는 내지 않은 채 원합심공과 오행신공의 구결을 처음부터 끝까지 달달 외었다.

이미 머릿속에 들어가 있지만 가끔 외어 주는 게 기억에 좋으니까.

한참 오행신공의 구결을 되새기고 있던 남궁혁은 옆에서 느껴지는 시선에 본능적으로 고개를 돌렸다.

진소령이 그를 빤히 바라보며 나긋한 미소를 짓고 있었다.

"제 얼굴에 뭐 묻었나요?"

"아뇨, 그런 건 아니고."

남궁혁의 물음에 진소령은 적당히 얼버무렸다. 딱히 당황한 거 같지는 않았다. 남궁혁이 영문을 모르겠다는 얼굴을 하자 진소령이 살포시 웃었다.

"그냥, 소가주를 본 해 문주님의 반응이 어떨지 기대가 돼서요."

"저도 문주님이 어떤 분인지는 궁금하네요."

"제 말은 그런 뜻이 아닌데 말이죠."

진소령은 도통 의미를 알 수 없는 웃음을 지어 보였다. 그러나 웃음의 의미를 풀어서 설명해 줄 생각은 없어 보였다.

마차는 한참을 달려 대력문의 앞에 도착했다.

정문을 지키는 무사들이 남궁혁의 신분을 확인하려 했지만, 진소령이 자신의 손님이라고 안내하자 무사히 들여보내 주었다.

남궁혁과 진소령이 마차에서 내리자 일단의 사람들이 그들을 맞이하기 위해 나와 있었다.

그 무리의 가운데 선 여인이 대력문의 새 문주인 해단영인 듯했다.

옛날 촉나라 제갈공명의 아내 황월영이 팔 척의 장신이라는 얘기가 있었다.

해단영은 그 황월영을 떠올리게 할 정도로 키가 크고 훤칠했다.

선이 짙지만 고운 이목구비만 아니었으면 남자로 착각할 정도였다.

은은한 수가 놓아진 단정한 백의무복은 그녀의 단단함을 더욱 돋보이게 했다.

나이는 이십대 후반 정도 될까. 마치 아름다운 대리석을 거친 정으로 깎아 만든 것 같은 여인이었다.

해단영은 저벅저벅 남궁혁 앞으로 다가와 포권을 취했다.

"어서 와요, 남궁 소가주. 대력문의 문주인 해단영이에요."

시원한 바닷바람 같은 목소리와 큰 키가 만드는 그늘, 자신감 넘치는 기백은 과연 한 문파의 문주를 맡을 만한 그릇이라 할 만했다.

웬만한 사내는 이름도 못 꺼내겠군. 남궁혁은 그렇게 생각하며 포권으로 응수했다.

남궁혁과 진소령은 곧 내실로 안내를 받았다. 다반을 사이에 두고 앉아 형식상의 인사를 나눈 후, 남궁혁은 곧바로 궁금하던 점을 물었다.

"아, 그때 주문했던 검 말이군요. 덕분에 유용하게 잘 썼죠."

분명 그 덕분에 큰 승리를 거둔 게 분명한데도 해단영은 썩 얼굴이 밝지 않았다. 남궁혁은 당시 해단영의 주문을 떠올렸다.

양질의 검이되 진기를 주입하면 부러지는 검.

그걸 대체 어떤 식으로 써서 대력문의 후계 쟁탈전에서

승리했던 걸까.

"우리는 그때 길림, 그러니까 아버지의 애제자였던 그가 정체불명의 집단에게서 폭혈단을 공급받았다는 정보를 입수했어요."

"폭혈단이요?"

진소령의 물음에 해단영이 대답하려 했지만 남궁혁이 저도 모르게 선수를 쳤다.

"마교의 비기에요. 몸속의 잠력(潛力)을 폭발시켜 순식간에 엄청난 실력을 발휘하게 하죠. 삼 급부터 일 급까지의 단계가 있는데, 각 단계에 따라 잠력을 끌어내는 정도가 달라요."

"어떻게 그렇게 잘 아시는 거죠?"

해단영이 눈이 크게 뜨곤 물었다. 마교의 폭혈단은 그리 널리 알려진 물건은 아니었다.

해단영은 남궁혁이 남궁장인가라는 문파의 소가주인 것은 알고 있었지만 이런 극비 정보를 알고 있을 거라곤 생각하지 못했다.

"제가 개방 장로님이랑 친한 사이거든요. 그분한테 들었어요."

남궁혁은 능란하게 대처했다. 이제는 이전 삶의 정보를 말하는 데도 꽤 익숙해졌다.

이전의 삶에서야 정마대전이 한창이었으니 폭혈단에 관한 것은 극비라고 할 것도 없었다.

특히 폭혈단은 마교 사람들이 아닌, 그들에게 협력하거나 투항한 이들에게 자주 써먹은 수법이라 악랄하기로 유명해서 모르기가 더 어려웠다.

"그렇군요. 아무튼, 길림의 파벌이 폭혈단을 손에 넣어 저희를 치려는 것을 알고 길림 휘하의 세 개 대 전원의 검을 새로 지급했지요. 대력문의 보급을 담당하시는 분이 제 편이었거든요."

그 이후는 해단영이 말하지 않아도 상상이 갔다.

폭혈단을 먹고 새 검을 쥔 길림의 부하들은 몸에 들끓는 잠력을 아낌없이 검에 불어 넣었을 것이다.

그러나 그들이 해단영의 부하들과 맞붙었을 때, 검은 산산조각이 난다.

"부끄러운 말이지만 우리 대력문은 검에 비해 권각법을 소홀히 하는 경향이 있었거든요. 폭혈단 덕분에 힘은 넘쳤지만 검을 잃으니까 전력이 뚝 떨어졌죠. 덕분에 그들을 잘 처리할 수 있었어요."

"그렇군요."

남궁혁은 그렇게 말하면서 해단영의 얼굴을 살폈다. 그녀의 얼굴에는 씁쓸함이 가시질 않았다. 하긴, 그녀는 문주의 딸이니까 길림의 휘하 무인들도 그녀에겐 소중한 문파원들이었겠지.

"상심이 크셨겠습니다."

해단영과 진소령이 동시에 남궁혁을 바라보았다. 갑작스러운 시선에 남궁혁은 저가 뭘 잘못 말 했나 곱씹어 보았다. 잠깐의 정적이 흐르고, 해단영이 입을 열었다.

"의외네요. 이 얘기를 하면 다들 탁월한 전략이었다고 치켜세워 주기만 하던데."

"그야 그렇지만…… 속상해 보이셔서요."

남궁혁이 제 생각을 다 털어놓진 않았지만 해단영은 그의 뜻을 알아차린 듯했다.

나른한 오후의 바다 같은 미소가 그녀의 얼굴에 잔잔히 퍼졌다.

"처음이에요. 누구도 가족처럼 자랐던 이들을 쳐야 했던 속상함을 이해해 준 적이 없었거든요."

그 모습을 보던 진소령은 그럼 그렇지, 하며 살포시 웃었다. 아까 마차에서 지었던 웃음과 맥락을 같이 하는 미소였다.

"길림도 그래요. 친남매처럼 지냈는데 어쩌다 마교의 꼬임에 넘어가게 된 건지."

"제가 괜히 얘기를 꺼내서 문주의 근심을 더해 드렸나

봅니다.”

“아니에요, 소가주. 오히려 마음을 다잡는 계기가 됐습니다.”

“계기요?”

해단영의 얼굴엔 아까의 쓸쓸함 대신 칼 같은 단호함이 서려 있었다.

“사 년 전, 그 접전 이후 길림은 떠나고 제가 문주가 됐지만 길림은 포기하지 않고 계속 세력을 모아 대력문을 공격했어요. 남은 가족들을 지키기 위해서라도 그의 행동을 더 이상 좌시할 수는 없습니다.”

남궁혁은 고개를 끄덕였다. 해단영의 말은 백번 옳았다. 사람은 때로 버릴 줄도 알아야 하는 법이니까.

큰 문파나 세가에서는 드문 일도 아니었다. 친형제 간에 골육상쟁도 불사하는 판이니까.

“그런데 한 번 패한 길림이 어떻게 그리 활개를 치고 돌아다니는 겁니까?”

남궁혁이 이해가 안 되는 점을 물었다. 해단영이 문주가 된 지도 몇 해가 지났다.

이 부근은 대력문의 세력권인데 길림이 몇 번이나 세력을 끌어모아 대력문을 치려고 하다니.

몸을 숨기기에도 급급할 텐데 어떻게 그런 수완을 발휘

하는지 신기할 지경이었다.

"근방에 환귀곡이라는 희대의 협곡이 있거든요."

해단영의 얼굴에 수심이 어렸다.

"짙은 안개에 둘러 싸여 있어서 앞을 분간하기 어렵고, 천혜의 절지라 앞으로 직진했는 데도 다시 입구로 나오게 되는 사이한 곳이에요. 길림이 어떤 수법을 썼는지 거길 근거지로 삼고 있어요."

"문주님은 무사들을 이끌고 여러 번 환귀곡으로 가셨지만, 환귀곡 안까지 들어가 보신 적이 없습니다."

"진 행수의 말이 맞습니다. 때문에 몇 년 동안 길림에 대해서 전전긍긍할 수밖에 없는 형편이었지요. 입구가 여러 개라 대력문이 전부 그 앞을 지킬 수도 없거든요."

환귀곡.

남궁혁은 이 개미지옥 같은 협곡에 대해 잘 알고 있었다.

이전 삶에서 친하게 지내던 무림맹의 인사 중 천월비도(天月飛刀) 유엽이라는 비도술의 고수가 있었다.

유엽은 이제는 멸망한 지 오래된 한나라의 적통이었는데, 그가 환귀곡의 비밀에 대해 얘기해 준 적이 있었다.

과거 환귀곡은 낙양에 문제가 있을 때 천자가 피신을 가던 곳이었다.

낙양은 당대부터 후한 시절까지 대대로 중원의 수도였던 땅이라 풍수적으로 엄청난 기가 흘렀다.

환귀곡은 그런 막대한 자연의 기가 흘러가지 못하고 댐처럼 고여 있는 곳이었다.

이전의 삶에서 정마대전이 벌어졌을 때, 마교는 어떤 술법을 써서 환귀곡에 최정예 고수들을 숨겨 두었다.

그들이 정마대전의 시금석으로 대력문을 접수한 것은 환귀곡을 손에 넣기 위해서기도 했다.

환귀곡이 대력문의 세력권에 있으면서 동시에 소림의 숭산을 치기에 좋은 위치에 있었기 때문이다.

만약 이 환귀곡을 마교가 이용하지 못하게 한다면 마교의 계략 중 하나를 파훼하는 셈이 된다.

"제가 한 번 살펴볼까요?"

남궁혁의 말에 해단영과 진소령이 눈을 크게 떴다. 살펴본다니. 지금 환귀곡을 정찰하겠다는 건가?

두 여인의 시선에 남궁혁은 고개를 끄덕였다.

"제가 들어가는 방법을 알거든요. 진짜 되는지 시험도 해 볼 겸, 환귀곡 내부가 어떻게 돌아가고 있나 정찰하고 올게요."

"소가주, 그건 너무 위험합니다."

진소령이 남궁혁을 말렸다. 그가 환귀곡에 들어가는 방

법을 안다는 것에는 의문을 갖지 않는 듯했다.

아무래도 아까 폭혈단처럼 구 장로에게 들은 적이 있는가 보다 하는 모양이었다.

"맞아요. 환귀곡에 들어가는 방법을 안다고 해도 그것만으로는 부족해요. 길림은 초절정의 고수예요."

"저도 그 정도는 되니까 걱정 놓으셔도 돼요."

남궁혁의 말에 해단영이 진소령을 힐끔 보았다. 남궁혁의 말이 맞냐는 뜻이었다.

진소령은 남궁혁의 무위를 견식한 적은 없지만 민도영에게 익히 들어 잘 알고 있었다.

소작료를 두고 섬서 칠검 중 한 명인 풍검문의 방중문과 겨뤄 압도적으로 이겼다는 얘기는 섬서에서는 모르는 사람이 없을 정도로 유명한 얘기기도 했다.

"소가주. 저는 소가주의 무위는 믿습니다. 그러나 길 공자는 휘하에 상당한 세력을 갖고 있어요. 혼자는 위험합니다."

남궁혁은 난처했다. 이렇게까지 반대를 할 줄 알았으면 아예 입 다물고 있다가 혼자 가 볼 것을.

진소령이 알았으니 남궁혁이 몰래 환귀곡으로 갔다간 그대로 민도영에게 소식이 갈 게 빤했다.

안 그래도 남궁장인가를 혼자 도맡느라 일이 많을 텐데

괜한 걱정을 끼치고 싶지 않았다.

남궁혁이 어떻게 할까 고민하고 있자 해단영이 입을 열었다.

"그럼 나와 같이 가는 건 어때요?"

"해 문주님이랑요?"

이건 또 의외의 제안이었다. 한 문파를 이끄는 수장이 환귀곡에 직접 정찰을 나가겠다니.

"나도 실력이 나쁘지 않고, 길림을 비롯한 그 휘하 무인들을 잘 알아요. 나와 소가주 두 명이면 위험한 상황에 처하진 않을 거예요."

해단영의 말은 일리가 있었다. 정찰은 자고로 실력 있는 소수가 움직이는 게 맞았다. 다수가 움직이면 들키기 쉬우니까.

"그래도 문주가 직접 움직이면 위험하지 않을까요? 그때를 노려서 길림이 쳐들어오면 어쩌시려고."

"나는 몇 년간 대력문의 기반을 단단히 다져 왔어요. 며칠 자리를 비운다고 위험할 정도는 아니에요."

해단영이 자신 있게 말했다. 남궁혁으로서는 더 이상 거절할 이유가 없었다. 해단영이 함께 간다고 하니 진소령도 안심하는 눈치였다.

"좋습니다. 기왕이면 속전속결로 가죠."

마침 검도 챙겨온 참이었기에 남궁혁은 대력문에서 곧바로 환귀곡으로 가기로 결정했다.

해단영도 장로들을 불러 빠르게 일을 전담한 후 채비를 했다.

대력문을 나선 진련상단의 행렬은 곧 두 개로 갈라져 각기 다른 방향으로 향하기 시작했다.

혹시나 있을 첩자의 눈을 피하기 위해 진련상단의 마차를 이용한 두 사람은 대로를 벗어나자마자 경공을 펼치며 빠르게 환귀곡으로 달렸다.

남궁혁과 해단영이 환귀곡의 입구에 도착한 것은 이튿날 새벽이었다.

"과연 귀신이 사는 협곡이라고 소문이 날 만하군."

남궁혁은 환귀곡의 입구로 걸어 들어가며 중얼거렸다.

환귀곡은 한 치 앞도 보이지 않는 짙은 운무와 간담을 서늘하게 하는 기괴한 소리로 가득했다.

이정도 깊숙한 협곡이면 사람은 당연하고 동물도 잘 다니지 않기는 한다. 그렇다고는 해도 풀 한 포기 나지 않은 바위 절벽은 그 으스스함을 더했다.

"정말 이곳에 들어가는 방법을 아는 거예요?"

"그럼요. 믿고 따라오세요. 저를 놓치면 안 됩니다."

남궁혁은 자신 있게 말하며 환귀곡 안으로 발을 들였다.

해단영은 벌써부터 검을 뽑아 들고 조심스럽게 남궁혁의 뒤를 따랐다.

남궁혁은 두리번거리며 유엽이 말한 장치가 어디에 있는지를 살폈다.

환귀곡은 원래부터 이런 절지가 아니었다. 단순히 자연의 기가 순환하지 못하고 고여 있는 곳에 불과했다.

그것을 한 황실의 술사가 황실 고유의 진법을 설치해 지금의 환귀곡이 만들어졌다고 했다.

"이쯤에 있을 텐데……."

유엽에게 들었던 기억을 더듬던 남궁혁이 곧 기이하게 쌓여 있는 돌무더기를 발견했다.

다가가 손을 뻗자 엄청난 기의 흐름이 느껴졌다. 아무래도 이곳이 자연지기가 협곡으로 들어가는 통로인 모양이었다.

남궁혁은 돌무더기를 자세히 보다가 유독 이상한 기운이 느껴지는 돌 하나를 빼냈다.

그러자 갑자기 협곡 안에서부터 거센 바람이 몰아쳤다.

"헙……!"

태풍과 같은 바람에 남궁혁과 해단영이 눈을 질끈 감았다. 자칫하면 바람에 떠밀려 날아갈 것 같았다.

두 사람은 발에 내공을 불어넣고 몸을 지탱했다. 광폭한 바람 소리가 미친 듯이 귓가를 스쳤다.

그러나 광풍은 잠시였다. 기류가 잠잠해지고 눈을 뜨자 시야를 가리던 안개가 깨끗하게 걷혀 있었다.

"자, 들어가죠."

해단영의 감탄 어린 시선을 받으며 남궁혁이 입구를 가리켰다.

두 사람은 조심조심 협곡 안으로 들어섰다. 하늘을 향해 뻗은 돌기둥이 어지러이 놓여 있어서 몸을 은폐하기는 편했다.

어디에 길림의 척후가 숨어 있을지 모르는 일이었기에 두 사람은 조심스럽게 앞으로 나아갔다.

그렇게 한 시진을 전진했을까. 어디선가 사람의 목소리가 들렸다.

"대공자, 대공자. 정신이 드십니까?"

돌기둥 뒤에 숨어 기척을 살피던 해단영의 얼굴이 딱딱하게 굳었다. 그녀는 저쪽에 들리지 않을 정도로 낮은 목소리로 말했다.

"길림을 따라간 뇌력대의 대주예요."

뇌력대의 대주가 대공자라고 지칭하는 자는 길림이 분명했다.

길림이 정신을 잃었나? 남궁혁이 눈짓하자 해단영이 설

명했다.

"얼마 전에 한 번 습격이 있었어요. 하지만 그때 길림은 참가하지 않아서 상처를 입을 일이 없었을 텐데……."

해단영은 좀 더 가까이 가 보자며 턱짓했다. 두 사람은 저쪽에서 보이지 않게 조심하면서 근접한 거리까지 다가갔다.

'어?'

마침내 그들이 가시거리에 들어왔을 때, 남궁혁은 놀라서 눈을 홉떴다.

길림으로 추측되는 남자와 몇 명의 무사들은 쇠사슬로 단단히 묶여 있었다.

사슬은 지금까지 남궁혁과 해단영이 몸을 숨기는 데 도움을 줬던 돌기둥에 연결되어 있었다.

게다가 모두 엉망진창이었다. 옷은 너덜너덜하고 찢어진 부위에는 상처가 가득했다.

해단영도 믿을 수 없는 듯 몇 번이나 빠르게 눈을 깜빡였다.

"으……으윽……."

"대공자!"

길림이 정신을 차렸다. 그도 처지가 다르진 않았다. 오히려 더 심하면 심했다. 신기한 건 얼굴에는 상처가 하나도 없다는 점이었다.

"괘, 괜찮네…… 백혈성은……?

"그자는 아직 오지 않았습니다."

길림이 피를 토하며 물은 말에 부하가 답했다.

백혈성. 남궁혁이 그 이름을 소리 없이 중얼거렸다. 여기서 그 이름을 듣게 될 줄이야.

마교의 이 공자. 혈천면구(血千面具) 백혈성.

이전 삶의 정마대전에서 그는 수없이 많은 무림맹 인사로 분해 맹을 혼란에 빠트렸다.

그가 익힌 특별한 역체변용술인 혈마수면공(血魔水面功) 덕분이었다.

백혈성의 혈마수면공은 원하는 상대의 피를 마시면 그 상대와 똑같은 몸으로 변할 수 있었다.

얼굴에 있는 작은 상처부터 점, 말투는 물론이고 혈도부터 수십 년을 익혀 온 무공까지 그대로 펼칠 수 있는 것이다.

때문에 상대를 오래 알아 온 사람들도 그가 얼굴을 바꾼 백혈성이라는 사실을 쉽게 눈치채지 못했다.

혈마수면공의 유일한 단점인, 마치 수면에 비친 것처럼 그 몸이 반대로 변한다는 사실을 알지 못한다면 더더욱 그랬다.

얼굴 어디에 점이라도 있지 않는 이상, 무림인들은 수련을 통해 좌우가 대칭하는 몸을 갖기 마련이라 알아보는 것은 힘든 일이었다.

좌우지간 그 백혈성의 이름이 길림의 입에서 나오다니.

하긴, 대력문에 있었던 하남혈겁이 정마대전의 시초였으니 길림이 그 이름을 안다고 해서 이상할 건 없었다.

'그런데 길림이 지금 저 상태라는 건……?'

설마 저자도 마교에 이용을 당한 건가? 남궁혁의 추측을 뒷받침하듯 길림이 한탄을 늘어놓았다.

"백혈성…… 그자의 꼬임에 넘어간 것이 실수였어. 나 때문에 자네들까지 이 고생을 하는군."

"아닙니다, 대공자. 그놈들이 대공자를 속인 거지요. 단영 아가씨가 문주님을 독살했다는 증거까지 확인했지 않습니까. 그게 백혈성 그놈이 꾸민 수작이었을 줄이야……."

뇌력대주는 피 끓는 소리를 내며 한탄했다. 대력문의 후계 경쟁에 그런 사연이 있었구나.

남궁혁은 입이 썼다. 자신도 그런데 해단영은 어떨까.

그녀는 양 주먹을 불끈 쥐고 부들부들 떨고 있었다.

아버지가 왜 갑자기 돌아가셨는지, 친동생 같던 길림이 왜 자신을 적대했는지 이제야 그 사정을 알게 된 것이다.

"그래도 내가 사저와 대력문을 배신한 일은 사라지지 않네. 당장이라도 목숨을 끊고 싶지만, 내가 죽으면 그놈이 자네들을 죽일 테니……."

"대공자!"

"저희는 괜찮습니다!"

"나야 완전한 배신자의 입장이지만 자네들은 달라. 사저에게는 자네들이 꼭 필요할 걸세. 내 꼬임에 넘어갔다고 하면 사저는 그대들을 받아들일 거야."

남궁혁은 돌아가는 상황을 완전히 이해했다.

지금 길림은 자신의 목숨을 담보로 나머지 무인들을 살려 놓고 있는 모양이었다. 그리고 그 거래의 대상은 백혈성.

백혈성의 혈마수면공은 반드시 상대가 살아 있어야 했다. 길림이 사지와 얼굴이 멀쩡한 것도 그 때문인 듯했다.

그렇다면 지난 몇 년간 해단영이 상대해 온 길림의 잔당은 진짜 길림이 아니라 백혈성과 마교의 잔당들이리라.

남궁혁은 복잡한 표정의 해단영을 손짓해 불렀다.

그녀가 가까이 다가오자 남궁혁은 귀엣말로 백혈성에 대한 얘기와 자신이 추측한 바를 들려주었다.

"백혈성…… 마교의 이 공자…… 그렇군요. 그렇다면 길림은 이용당한 거군요."

"그렇죠. 어떻게 할 겁니까?"

남궁혁의 물음에 해단영의 눈빛이 흔들렸다.

그녀가 고민하는 사이 길림과 무인들의 목소리는 점점 높아져 갔다.

"이대로 대력문으로 돌아가도 치욕스러울 뿐입니다. 아가씨는 강단 있는 분이니 우리가 없어도 대력문을 잘 이끄시겠지요."

"맞습니다. 백혈성 그놈도 이 년 동안 대공자의 얼굴을 빌려 갔지만 여태 대력문을 접수하지 못했습니다. 저희는 더 이상 대공자가 고통받는 모습은 못 보겠습니다."

"이보게들. 그게 무슨 나약한 소린가!"

자칫하다간 단체로 혀를 깨물어 자결이라도 할 판이었다. 마교 놈들은 재갈도 제대로 안 물려 놓은 건가?!

남궁혁이 마교의 허술함을 탓하고 있을 때 해단영이 뛰쳐나갔다.

"그만들 두세요!"

순간 환귀곡에 정적이 찾아들었다. 길림과 무인들은 자신들이 지금 헛것을 보는 건가 의심하며 눈을 깜빡였다.

"사저?"

"아, 아가씨! 대체 여긴 어떻게……!"

해단영은 그들의 물음에 답하지 않은 채 검을 단단히 쥐었다.

그리고 길림에게 다가갔다. 길림이 뭐라 말 한 마디를 뗄 새도 없이, 검기가 서린 그녀의 검이 길림을 옭아맨 쇠사슬을 서겅 잘라 냈다.

남궁혁도 가세했다. 순식간에 길림을 포함한 여덟 명은 자유의 몸이 되었다.

아직 사태를 파악하지 못해 어벙벙한 그들과 차마 말을 잇지 못하는 해단영을 대신해 남궁혁이 상황을 설명했다.

"저 뒤에 숨어서 얘기를 다 들었거든요. 아무래도 문주님이 여러분을 용서할 모양이네요."

그 말에 길림이 잔뜩 죄를 지은 얼굴로 해단영을 돌아보았다.

그녀는 들끓는 화를 애써 참고 있다가 눈이 마주치자 그만 소리를 버럭 질렀다.

"이 바보야!"

"사, 사저!"

"이런 오해가 있는데도 내가 모두를 내칠 사람으로 보였던 게야!"

"……미안합니다. 내가 사저를 믿지 못했어요."

길림은 깊게 고개를 숙였다. 해단영은 더는 화를 내지 못하고 씩씩거리며 울분을 참았다. 어찌 됐건 그도 마교의 농간에 속았을 뿐이니까.

"회포는 천천히 풀고, 일단 밖으로 나가죠. 언제 마교가 들이닥칠지 모르잖아요?"

남궁혁의 말에 뇌력대주가 고개를 끄덕였다.

"맞습니다. 놈들은 삼 일에 한 번씩 우리의 상태를 확인하기 위해 환귀곡에 들어오지요. 오늘이 삼 일째니 곧 들이닥칠 겁니다."

모두들 서둘러 몸을 일으켰다. 상태가 안 좋은 이들은 남궁혁과 해단영이 부축하고, 나머지는 서로에게 기대어 열심히 걸음을 옮겼다.

환귀곡의 입구는 다시 희뿌연 안개에 휩싸여 있었다.

이 각 정도를 걷자, 그들은 아까 지나갔던 곳으로 다시 빠져나왔다.

"어?"

선두에 서 있던 남궁혁이 부축하던 사람을 잠시 내려놓고 앞으로 달려 나갔다.

저 멀리 길림과 무인들이 묶여 있던 쇠사슬이 보였다.

"왜 그래요, 소가주?"

"아무래도 환귀곡의 진법이 다시 발동한 모양이에요. 아니면 나갈 때는 또 다른 방법을 찾아야 하나?"

남궁혁의 검미가 구불지게 꺾였다. 유엽에게서 이런 얘기는 들은 적이 없었다. 그래도 백혈성이 삼 일에 한 번 오간다고 하니, 나가는 방법이 있는 건 분명했다.

"큰일이네. 이걸 찾기 전에 백혈성이 오면 안 되는데."

남궁혁은 협곡 여기저기를 쑤시고 돌아다니며 중얼거렸다.

백혈성은 단순히 그 역체변용만으로 유명한 건 아니었다.

마천벽력편공(魔千霹靂鞭功). 마교의 이 공자인 그는 교주가 창안한 십팔반무예의 신공절학 중 하나인 채찍술을 전수받았다.

거기에 화경의 고수 열을 말려 죽여 그 힘줄을 꼬아 만든 혈사편(血思鞭)까지 하사받아 스물도 되기 전에 당당히 백대 고수의 한 자리를 차지했다.

그게 십 년 전의 일이니 지금의 실력은 과연 어느 정도일까.

그간의 성취를 아무리 적게 잡는다고 해도 감히 이길 수 있는 상대가 아니었다.

게다가 실질적으로 싸울 수 있는 전력은 남궁혁과 해단영이 전부였다.

남궁혁이 별다른 수확을 얻지 못하고 돌아오자 모두의 안색이 어두워졌다.

"슬슬 놈이 돌아올 때가 됐습니다."

뇌력대주가 참담한 목소리로 시간을 알렸다. 그는 길림과 눈빛을 교환했다. 길림은 그 뜻을 알았다는 듯 고개를 끄덕였다.

"사저. 절벽을 올라가 도망치십시오."

"뭐?"

길림의 말에 해단영은 환귀곡의 절벽을 올려다보았다.

다친 이들을 데리고는 결코 기어 올라갈 수 없는 높이었다.

"지금 나보고 너를, 이들을 버리고 가라는 말이야?"

"저희야 어차피 여기서 죽어도 아무 문제없는 목숨입니다. 하지만 사저는 이제 대력문의 문주가 아닙니까."

"길림!"

"저희가 시간을 벌겠습니다. 죽기 살기로 덤비면 일각 정도는 벌 수 있을 겁니다."

"대공자의 말이 맞습니다. 저희에게 마지막으로 대력문을 위해 헌신할 수 있는 기회를 주십시오, 문주님!"

대력문의 무인들은 해단영을 돌려보내기 위해 목숨을 불사할 각오였다.

그녀도 길림의 말이 옳은 말임을 머리로는 알고 있었다.

아버지의 죽음 이후 어찌 자리 잡은 대력문인가.

지금 해단영이 죽으면 대력문은 몇 년간 애쓴 보람도 없이 뿔뿔이 흩어질 것이다.

　머리로는 안다. 그러나 세상 모든 일을 어찌 논리로만 명할 수 있단 말인가.

　전대 문주를 아비요 사부로 모시며 친남매처럼 자라 왔고, 모두가 가족 같은 이들이다.

　한 때 서로 칼을 겨눈 탓에 피를 흘렸으나 오해였다는 것이 밝혀졌는데. 그런 이들의 목숨을 담보로 제 목숨을 부지해야 하다니.

　"사제, 어찌 내게 이럴 수가 있어!"

　"사저. 그게 바로 문주의 자리가 아니겠습니까."

　길림은 피곤한 입매를 끌어올려 애써 웃어 보였다. 대력문의 무인들은 해단영에게 격 있는 공수를 올렸다.

　"대력문을 잘 부탁드립니다, 문주님."

　"크윽……."

　해단영은 입술을 깨물었다. 눈물 대신 피가 흘렀다. 그녀가 무겁게 고개를 끄덕이자 길림과 무인들의 얼굴에 안도가 퍼져 나갔다.

　그때, 주변을 둘러보던 남궁혁이 저벅저벅 다가왔다.

　"잠시만요. 방법이 있을 거 같아요."

　남궁혁의 말에 모두가 고개를 돌렸다. 방법이라니. 무슨 방법 말인가. 길림이 대표로 물었다.

"그게 무슨 말입니까?"

"백혈성이 몇 명을 대동하고 오나요?"

촌각을 다투는 상황에 너무나도 느긋한 물음이었지만, 남궁혁의 태도엔 자신이 있었다. 길림은 남궁혁이 자신의 물음에는 대답하지 않았음에도, 저도 모르게 그의 질문에 순순히 대답해 주었다.

"보통 저희가 마실 물과 먹을 것을 들고 오는 하인 두 명과 수하 하나만 데리고 옵니다. 대력문을 치기 위해 마교 무사들을 데려오는 경우가 아니라면 말입니다."

"얼마 전에 대력문을 치는 데 실패했으니 당분간은 그렇게 올 겁니다."

그렇군요. 남궁혁은 중얼거리더니 생각에 잠겼다.

해단영을 비롯한 이들은 그가 대체 뭘 믿고 이렇게 느긋한지 알 수 없었다. 잠시 뒤, 남궁혁은 고개를 들었다.

"저한테 계획이 있는데. 들어 보실래요?"

"계획이요?"

"네. 모두가 살아 돌아갈 수 있는 계획이요."

남궁혁의 자신 있는 미소에 모두들 그의 주변으로 몰려들었다.

그가 계획을 설명해 나가자 처음에는 다들 의아한 표정을 짓더니, 이내 하나둘 고개를 끄덕이기 시작했다.

"좋아요. 나는 찬성이에요. 모두와 살아 돌아갈 수 있는 가능성이 있다면 거기에 걸어 보고 싶어요."

끝내 머뭇거리던 길림도 해단영이 찬성하자 어쩔 수 없이 그 계획에 동의했다.

"그러면…… 이제 백혈성을 기다리기만 하면 되겠네요."

남궁혁은 빽빽한 운무로 뒤덮인 환귀곡의 입구를 바라보며 나직이 중얼거렸다.

第四章

마교의 이공자,
그리고 기연을 얻다

　땟국물이 줄줄 흐르는 소년이 엉금엉금 진창이 된 바닥을 기고 있었다.

　머리가 깨졌는지 더벅머리에서는 피가 쉴 새 없이 흘러내렸다.

　고약한 냄새가 코를 찔렀지만 소년은 계속 바닥에 얼굴을 박고 기어갔다.

　그렇게 해서라도 나아가야 했다.

　소년은 세상에 태어나 짧은 생애 동안 무엇 하나 내키는 대로 하고 살아 본 적이 없었다. 세상은 한 번도 힘없는 아이의 편이 되어 주지 않았다.

그리고 이번에도 그랬다.

더 이상 지저분해질 구석도 없는 거지아이의 뒤통수에 카악—, 지저분한 가래침이 튀었다.

그나마 다행이라면 이 비참함이 소년의 인생에 있어서 마지막이었다는 사실이다.

가래침에 독이라도 배어 있는 것인지 아이의 목이 뚝, 소리를 내며 꺾였다.

숨을 살피지 않아도 즉사였다.

희디 흰 비단옷을 겹겹이 차려입은 귀공자가 얇은 선으로 그린 듯한 이목구비를 엉망진창으로 구겼다.

"거 되게 못 기어가네. 투견도 투계도 그러더니. 나는 장기 말을 고르는 재주가 없는 모양이야."

"이 공자. 이만 환귀곡으로 가셔야 합니다."

옆에 나란히 선 부하가 침중한 목소리로 시간을 알렸다.

그는 마교의 이 공자 백혈성을 십 년 넘게 모셔 온 측근이었다.

마교에서 태어나 평생을 마인으로 살아온 만큼 그 또한 웬만한 잔인함에는 눈 하나 깜빡하지 않을 정도의 내성을 갖고 있었다.

그런 그도 겉으로는 고고한 학처럼 구는 이 공자가 이런 저열한 잔혹성을 보일 때마다 소름이 돋았다.

백혈성의 눈에는 인간이 인간과 벌레, 아니, 자신과 나머지 벌레들처럼 보이는 듯했다.

처참하게 진탕에 꼬꾸라진 다섯 명의 아이를 보면 타고난 마인인 그도 그런 생각이 들 수밖에 없었다.

"뭐야. 자네가 고른 아이가 경주에서 이겼다고 지금 자랑하는 건가? 이 백혈성이 이대로 지고 물러나라고?"

"이 공자. 중요한 것은 소인과의 내기가 아니라 소교주와의 일이 아닙니까."

부하의 말이 정곡을 찔렀다. 백혈성은 분칠을 한 것처럼 흰 얼굴을 밀가루 반죽처럼 구기더니 이내 팽팽하게 폈다.

"네 말이 맞다. 그만 가 보지."

"현명한 결정이십니다."

골목을 나오자 세 명의 시비들이 등에 간단한 짐을 멘 채 백혈성을 기다리고 있었다.

환귀곡에 살려 둔 놈들을 보살피기 위한 인력이었다.

백혈성은 그들을 향해 한 번 눈을 부라리고 앞장서 걷기 시작했다. 그는 이 모든 상황이 마음에 안 드는 모양이었다.

"답답해 죽겠군. 대사형은 왜 이렇게 일을 소극적으로 처리하는지 몰라."

"소림의 앞마당이니 눈치를 봐야하는 건 어쩔 수 없지

않습니까."

"에라이. 그냥 다 죽여 버리면 편할 것을."

대력문의 길림을 이용해 소림의 앞마당에 거점을 만들자는 것은 마교의 소교주 마헌의 계략이었다.

마교천하는 결코 무턱대고 일을 저질러서 될 일이 아니었다.

교주는 마헌의 그런 신중함을 높이 샀고, 대력문을 접수하는 일이 몇 년이나 지체되었음에도 계속해서 그의 계획을 지원했다.

백혈성도 천마재림을 위해 신중해야 한다는 것에는 동의하는 바였지만 대력문의 일은 여러모로 그의 성미에 안 맞는 일이었다.

물론 백혈성이 지휘하는 대력문의 일이 번번이 실패해 마교 내부에서 지탄의 말이 슬금슬금 새어 나오는 것도 그의 짜증에 일조하는 바였다.

"무슨 일이 있더라도 다음엔 대력문을 엎어 버려야지. 안 그러면 벽태진 그놈이 내 자리를 꿰찰지도 몰라."

백혈성은 그 시뻘건 입술을 잘근잘근 씹었다. 벽태진은 마교의 삼 공자로, 백혈성의 사제였다.

백혈성은 지재와 고강한 무공을 갖춘 데다가 교주의 친아들이기도 한 대공자 마헌은 용납할 수 있었지만, 벽태진 그놈이 제 머리 위로 올라가는 것은 절대 두고 볼 수 없었다.

무공이 약한 이들까지 데리고 가는 길이라 환귀곡에 도착했을 때는 벌써 사방이 어둑어둑해져 있었다.

백혈성은 환귀곡에 들어서자마자 뿌연 안개를 헤치고 저벅저벅 걸어 들어가 진법을 해체했다.

남궁혁이 건드린 돌무더기가 아닌 다른 종류의 것이었다.

남궁혁이 손 댄 입구의 것은 옛적의 것이었고, 그것을 마교에서 새로이 손봐 만든 것이 지금 백혈성이 만진 환귀절진곡이었다.

이는 처음 진을 만들 때 불어넣은 내공의 주인에게만 반응했기 때문에 백혈성에 의해서만 열고 닫을 수 있었다.

곧 뿌연 안개가 걷히고, 백혈성의 눈앞에 삐죽삐죽 돌기둥이 늘어선 환귀곡이 모습을 드러냈다.

평소처럼 환귀곡 안으로 걸어 들어가려던 백혈성은 몇 걸음을 걷다 말고 자리에 우뚝 멈춰 섰다.

"이 공자?"

부하가 왜 그러느냐는 뜻을 담아 그를 불렀지만 백혈성은 온몸의 기감을 한껏 끌어올린 채 황량한 환귀곡 안을 둘러볼 뿐이었다.

워낙 자연지기가 지독할 정도로 넘실거리는 곳이라 그 안에 묻혀 있는 사람의 기를 정확히 느끼긴 어려웠지만, 분명 평소와 달랐다.

순간 인영 하나가 돌기둥에서 다른 기둥으로 쏜살같이 이동했다.

"누구냐!"

백혈성의 일갈과 함께 부하는 허리에서 검을 뽑았다. 백혈성은 아직 제 혈사편을 꺼내지 않은 채였다.

잠깐의 정적이 흐른 후, 해단영이 묵직한 중검을 단단히 쥔 채 모습을 드러냈다.

백혈성은 의외라는 듯 감탄성을 내질렀다.

"오호라, 대력문의 암캐로군."

그 말에 해단영의 미간이 구겨진 종이처럼 찌푸려졌지만, 백혈성은 아랑곳 않고 혼잣말을 중얼거렸다.

"그래…… 저 년이 여길 왔다는 건…… 다 알아 버렸다 이건가? 그런데 어떻게 들어왔지? 뭐…… 그게 중요한 건 아니니까."

백혈성은 어깨를 으쓱하더니 길게 찢어진 뱀 같은 눈으로 해단영을 흘겨보았다.

"중요한 건, 내가 네년을 갈기갈기 찢어 버릴 기회가 왔다는 거겠지?"

그에게 해단영이 여기 있다는 사실과, 길림 외의 무사들이 보이지 않는다는 건 별로 중요치 않아 보였다.

사실 그딴 놈들이야, 지금 대력문의 문주인 해단영을 사로잡을 수 있는 기회가 온 것에 비하면 별것 아니었다.

해단영을 잡으면 굳이 번거롭게 길림의 얼굴을 빌려 대력문을 접수하려고 용을 쓸 필요가 없었다.

문주인 해단영의 얼굴을 빌리면 되는 일이니까.

물론, 그 전에 몇 년간 대력문 때문에 차곡차곡 쌓여 왔던 짜증을 해소하는 것이 먼저지만.

그간 고생한 것을 생각하면 내뱉은 말처럼 사지를 죄다 찢어 버리고 싶지만 해단영은 이용 가치가 있었다. 쓸모가 없어질 때까지는 멀쩡히 내버려 둬야 한다는 게 아쉬울 뿐이었다.

뭐, 계집을 괴롭히는 데 굳이 몸에 상처를 내는 수단만 있는 것도 아니고.

백혈성은 입맛을 다시며 신형을 허공에 날렸다.

빠른 도약과 함께 강력한 장력이 해단영을 향해 쏟아졌다.

마교 내에서 그 자질을 인정받은 자만이 익힐 수 있다는 칠종의 금마공. 그중 하나인 파천십이장(破天十二掌)이었다.

불타는 유성우처럼 쏟아진 장력은 피에 굶주린 사냥개처럼 요리조리 도망치는 해단영을 집요하게 쫓았다.

쾅! 쾅! 쾅!

몇 개는 해단영을 맞추지 못하고 어지러이 솟아 있는 돌기둥에 적중했다.

몇 백 년 넘게 환귀곡의 기이함을 만들어 왔던 기둥들이 요란한 소리를 내며 와르르 무너졌다.

해단영은 결코 그의 장력을 맞상대하지 않았다.

대신 그 긴 다리로 하늘을 날아다니며 한 번 노린 상대는 끝까지 쫓아가는 끈질긴 장력들이 돌기둥에 부딪치게 애를 썼다.

그렇지 않으면 그녀가 저 돌기둥처럼 산산조각이 날 테니까.

"고작 이런 거에 당할 계집이라곤 생각도 안 했지."

수십 번의 장력을 쏘아 내고 바닥에 안착한 백혈성은 마치 산보라도 나온 듯 유유히 걸으며 해단영을 따라갔다.

어차피 이곳은 환귀곡. 저년에게 도망칠 구석 따윈 존재하지 않았다.

그저 그물로 도망갈 곳을 막은 꿩 사냥처럼 느긋하게 즐기기만 하면 될 일이었다.

그러나 도망만 치는 상대가 무슨 재미가 있으랴. 백혈성은 해단영을 좀 더 도발하기로 했다.

"아비는 독에 중독돼서도 어떻게든 칼 한 번을 휘두르려고 눈에 핏발을 세웠는데, 딸년은 칼자루 쥐고 있는 게 고작이군!"

잔뜩 공력을 실은 목소리였다.

환귀곡이 쩌렁쩌렁 울릴 정도의 조롱에 해단영의 얼굴이 시뻘게졌다.

그래도 해단영이 움직이질 않자 백혈성은 한 술 더 떴다.

"아들을 못 낳아서 고작 딸년에게 문파를 맡기다니. 그 작자도 불쌍하기 짝이 없는 인생이라니까. 하나뿐인 제자는 사내 구실도 못하고. 죽음으로 마교의 초석이 되었으니 그나마 마지막은 쓸모 있었나? 하하하!"

"백혈성 네 이노옴—!!!"

드디어 해단영이 움직였다.

이마에 혈관이 바짝 도드라진 것을 보니 어지간히 성질을 건드린 모양이었다.

몇 장 거리에 떨어져 있던 해단영이 삽시간에 거리를 좁혀 왔다.

태도를 쥐듯이 중검을 양손으로 잡고 달려온 그녀는 태산을 가를 기세로 검을 휘둘렀다.

중단전, 하단전, 상단전으로 단순하게 이어진 검로에는 무시할 수 없는 거력이 실려 있었다.

이번에는 백혈성이 피할 차례였다.

검이 허공을 가를 때마다 공기가 찢어지는 소리가 났다. 저 궤적에 한 번 스치기만 해도 몸을 보전하기 어려울 것이다. 그러나 피하는 것이 어려운 검초는 아니었다.

백혈성은 아까 장력에 맞아 무너진 돌덩이들을 가볍게 툭툭 차 내는 것으로 해단영을 가지고 놀았다.

해단영은 이를 악물고 검에 더욱 거센 진기를 불어넣었다. 일 장 가까이 늘어난 검은 폭풍 같은 기세를 일으키며 백혈성을 압박했다.

백혈성이 던지는 돌덩이들은 해단영의 검파에 부딪혀 폭발 같은 소리와 함께 한 줌의 가루로 변했다.

그녀도 지금 백혈성이 자신을 갖고 놀고 있는 거라는 사실을 알고 있었다.

여전히 그는 독문무기인 혈사편을 꺼내고 있지 않았다.

처음에는 파천십이장으로, 그리고 지금은 무공도 뭣도 아닌 것으로 해단영을 농락할 뿐이었다.

"뭐야. 고작 이 정도 실력으로 대력문의 문주 자리를 꿰찼나? 내가 이깟 계집의 문파에 몇 년이나 고생을 했다는 걸 믿을 수 없군."

"그 입을 다물게 해 주지!"

해단영의 몸에서 엄청난 기세가 뿜어져 나왔다. 화경에 이르진 못했다지만 그녀도 한 문파를 책임진 초절정의 고수.

전력을 다해 뽑아낸 일 척 길이의 검기에 백혈성이 비릿한 미소를 지었다.

"그래! 이 정도는 돼야 놀아 줄 맛이 나지!"

머리카락이 휘날리고 작은 돌 알갱이가 바람에 뒤섞여 날아다녔다.

백혈성은 드디어 허리춤에 감은 혈사편을 풀어 손에 쥐었다.

마치 괴물의 머리카락처럼 퍼득퍼득 살아 움직이는 혈사편은 그 움직임을 보기만 해도 본능적으로 소름이 돋았다.

핏빛 진기가 주입된 혈사편은 지독한 비명을 내지르며 해단영에게 향했다.

하늘과 땅의 사지를 뽑아 버릴 것처럼 폭압적인 기세였다.

하지만 해단영의 검에 실린 거력도 만만치 않았다.

태산을 뿌리째 뽑아 던지는 것 같은 압박감이 백혈성의 머리 위로 쏟아졌다.

혈사편의 가는 줄기 하나하나가 해단영의 검과 정면으로

부딪치려 할 때, 갑자기 해단영이 검을 거두고 하늘 높이 뛰어올랐다.

"이 쥐새끼 같은 계집! 또 도망치려 하느냐!"

백혈성은 서둘러 그 뒤를 쫓았다. 이제 뒤에 남은 수하들이나 다른 것에 대해선 생각을 잊은 채였다.

저 년을 죽이는 것이 아니라 생포해야 한다는 것도 머릿속에서 사라졌다.

약이 올랐다.

저 계집을 잡아 손톱과 발톱을 뽑고 사제라는 놈의 팔을 뽑아 밑구녕에 쑤셔 주는 굴욕이라도 주지 않고는 분이 풀리지 않을 것 같았다.

해단영은 환귀곡의 깊숙한 곳을 향해 전력으로 달렸다.

마교의 이 공자답게 백혈성의 경공은 상상 초월이었다. 그가 한 발을 내디딜 때마다 해단영과의 거리가 훅훅 좁혀졌다.

마침내 해단영이 팔만 뻗으면 잡을 수 있는 거리에 들어섰을 때, 해단영이 크게 외쳤다.

"소가주! 지금이에요!"

섬뜩한 소리와 함께 백혈성이 그 자리에서 멈춰 섰다.

그는 눈을 부릅뜬 채 천천히 손을 올려 뺨을 쓸었다.

화끈한 감각과 함께 뜨거운 피가 만져졌다. 반 촌 정도의 자상이었다.

"누구냐!"

백혈성은 뒤쫓고 있던 해단영도 잊은 채 주위를 둘러보았다.

갑자기 사위가 고요해졌다.

태고적부터 존재했던 밀림이나 끝없는 사막처럼 인간이 하찮아지는 곳에 서 있는 것 같았다.

환귀곡의 가장 깊은 곳은 백혈성도 거의 들어와 본 적이 없었다. 이곳이 간직한 자연지기가 지나치게 짙어 인간의 몸이 버틸 수 없는 곳이었기 때문이다.

백혈성도 혈마경에 도달한 무인이었기에 버티고 설 수 있는 것이었다. 해단영은 어느새 다시 입구 쪽으로 사라진 듯했다.

백혈성은 기감을 바짝 끌어 올렸다. 입구에서와는 달리 놈의 기척은 쉬이 잡히질 않았다.

어떤 놈이지? 백혈성은 그간 대력문을 상대했던 전적을 떠올려 보며 놈들이 초빙할 만한 고수의 명단을 떠올려 보았다.

아무리 생각해 봐도 호신강기를 두르고 있는 자신에게 이만한 상처를 입힐 만한 놈의 이름은 떠오르지 않았다.

백혈성은 혈사편을 단단히 꼬나 쥐고 허공을 향해 거칠

게 휘둘렀다.

마수의 갈퀴 같은 편풍(鞭風)이 희뿌연 안개를 갈가리 찢었다.

그러고 나서야 백혈성은 자신을 공격한 놈의 얼굴을 볼 수 있었다.

녀석은 좁은 골짜기의 한가운데서 가부좌를 틀고 앉아 있었다.

가부좌라니? 백혈성의 얼굴이 와락 구겨졌다.

놈은 지극히 평온한 얼굴에 반개한 눈으로 자신을 바라보고 있었다.

한 손에 검이 들린 것으로 봐서는 저놈이 제 뺨에 자상을 낸 장본인인 게 분명했다.

백혈성은 저도 모르게 혈사편에 마기를 잔뜩 불어넣었다.

혈사편은 지옥의 색을 닮은 검붉은 마기를 머금은 채 가닥가닥 흐늘거리며 뱀처럼 상대를 노렸다.

그러나 공격을 가하진 않았다. 하지 못한 것이다. 백혈성은 믿을 수 없다는 듯 혈사편을 내려다보았다.

화경의 무인들을 절망과 분노에 절여 서서히 죽어 가게 만든 후 그 근맥을 가닥가닥 잘라 엮어 만든 혈사편!

이 잔혹하기 짝이 없는 채찍은 그 고통 속에서 죽어 간 무인들의 영혼이 깃들어 본능적으로 상대에게 그 울분을 풀기 위해 움직였다.

그런 혈사편이 움츠린다는 것은 상대가 감히 감당하지 못할 고수라는 뜻이었다.

"네놈은 누구냐!"

백혈성은 움츠러든 것을 감추기 위해 일부러 크게 일갈했다. 그러나 상대는 대답이 없었다.

슈욱—

또다. 이번에는 반대쪽 뺨에서 피가 주룩 흘러내렸다.

백혈성은 침만 삼켰다. 놈의 움직임을 보지도 못했다.

게다가 덫에 걸린 것처럼 옴짝달싹 못하게 하는 이 기도.

이 정도의 기세는 사부인 교주, 혹은 대사형에게서나 느낄 수 있던 것이다.

놈은 고작 스물 전후로 보였다. 저 정도 나이 대에 자신을 이만큼 압도할 수 있는 고수가 있던가?

후기지수 칠검이 전부 모여도 상대할 자신이 있었다.

그러나 자신이 일곱 명 있어도 저놈에게 이길 수 있을지 확신이 들지 않았다.

백혈성은 침을 꼴깍 삼켰다. 일이 너무 잘못됐다. 머리에 차올랐던 열기가 사그라졌다. 일단 후퇴하고 차근차근 생각하는 게 어떨까.

까딱까딱.

슬금슬금 빠질 기미를 보던 백혈성의 시야에 까딱거리는 검 끝이 들어왔다.

명백한 도발이었다. 거기에 씩 입꼬리를 올려 비웃기까지.

백혈성. 그는 마교의 이 공자였다.

하늘 같은 사부와 대사형, 그리고 몇몇 괴물 같은 장로를 제외하면 살면서 예의상으로라도 고개를 숙여 본 적이 없었다.

그의 단순한 성미를 고치려고 부단히 노력했지만 이를 뛰어 넘는 실력에 결국 네 마음대로 하라고 교주마저 내버려 둔 그였다.

도주, 퇴각, 꽁지를 내리고 튀어 버리는 일 따위. 몇 년간 길림의 껍데기를 쓰고 지겹게도 한 짓이었다.

하지만 이 백혈성의 얼굴로는 결코 용납할 수 없는 일이었다.

"좋아. 네놈이 그렇게 앉아 있기를 원한다면, 평생 두 다리로 걷지 못하게 해 주지!"

백혈성의 몸에서 하늘을 뒤덮을 것 같은 마기가 스멀스멀 기어 나왔다.

불길 같은 마기가 혈사편에 넘실거렸다. 백혈성은 그대로 돌진했다.

시뻘건 마기는 날름거리며 당장이라도 놈을 삼켜 버릴 것처럼 달려들었다.

백혈성의 앞을 막는 건 아무것도 없었다. 놈의 기세는 마치 짚단처럼 볼품없어졌다.

아까 느낀 압도감은 착각이 분명했다. 이대로 단번에 다진 고기로 만들어 버릴 테다!

자신감을 되찾은 채찍질이 고요히 앉아 있는 놈을 향해 쏟아졌다.

놈은 그저 일 검을 휘둘렀을 뿐이었다.

콰앙—!!!

청천벽력과 같은 굉음과 강렬한 기파로 인한 지진의 여파가 환귀곡을 울렸다.

이어 절벽이 충격으로 무너지면서 묵직한 바위가 우르르 굴러 떨어졌다.

혹시라도 상황이 나쁘게 돌아가면 언제든지 뛰어들어 백혈성의 발목을 붙잡기 위해 숨어 있었던 길림과 무사들은 그 땅 울음에 그만 중심을 잃고 털썩 넘어질 정도였다.

모래 먼지가 가시자 한 번의 충돌로 만들어진 것이라고는 믿을 수 없는 엄청난 크기의 반구형 구멍이 모습을 드러냈다.

그 안에 멀쩡한 것은 오로지 일 검을 휘둘렀던 남궁혁이 앉아 있는 일 장 반경의 거리뿐이었다.

"세상에……."

길림은 입을 쩍 벌렸다. 고작 한 번의 부딪침이 가져온 결과는 엄청났다.

결코 범접하지 못할 수준의 고수였던 백혈성은 옷가지가 너덜너덜해진 채였다.

화경의 고수가 아니라면 흠집도 내지 못한다던 다섯 가닥의 혈사편은 두 가닥이 토막 난 채였다.

그러나 백혈성은 아직 포기하지 않은 것처럼 보였다.

그는 여전히 가부좌를 튼 채 자신을 개미 바라보듯 내려다보는 남궁혁을 향해 돌진했다.

엄청난 파괴력을 지닌 검기와 편기가 충돌했고 기광이 번뜩였다.

길림과 뇌력대주는 제 눈으로 보면서도 믿을 수 없는 이 싸움에서 눈을 뗄 수가 없었다.

특히 길림은 반쯤 넋이 나간 상태였다.

그는 남궁혁이 처음 계획을 제안했을 때부터 코웃음을 쳤었다.

"제가 백혈성을 상대할게요."

남궁장인가라니. 길림으로서는 들어 본 적도 없는 문파
였다. 남궁의 성씨를 가졌지만 본가의 사람도 아니다.

그는 타인을 함부로 무시하지 않는 성정을 지녔지만 무
명소졸이 마교의 이 공자를 상대하겠다며 나서는 만용을
비웃을 줄은 알았다.

그러나 남궁혁은 자신이 있었다.

그는 해단영과 길림이 탈출을 하네 같이 죽네로 의견을
다투는 사이 자신이 파악한 바를 바탕으로 세운 전략을 설
명했다.

"이곳 환귀곡은 엄청난 자연지기가 고여 있지만
그 농도가 너무 짙어 인간의 몸으로 받아들일 수 있
는 수준이 아니에요."

그거야 환귀곡에서 오래도록 감금되어 있었던 길림이 더
욱 잘 알았다.

보통 짙은 자연지기를 품은 곳은 운기 조식을 통해 내
력을 쌓기 좋다고 알려져 있지만, 환귀곡의 그것은 인간이
받아들일 수준의 것이 아니었다.

실제로 대력문의 무인 몇몇이 처음 이곳에 갇혔을 때 그 기를 단전에 쌓아 기회를 노려 보려고 했지만 다들 단전이나 기혈이 터져 죽어 나갔다.

　"저 기운을 단전에 쌓지는 못하지만, 몸을 자연지기가 흐르는 통로로 만들어 버리는 건 가능할 것 같아요."

남궁혁의 설명은 이랬다. 온몸의 기혈을 개방해 받아들인 다음 그대로 방출하는 것이다.

마치 자연의 단전처럼 기가 고여 있는 이곳 환귀곡에서만 쓸 수 있는 방법이었다.

남궁혁이 생각한 방법이 가능하다면 저 막대한 진기를 마치 자신의 것처럼 사용할 수 있다. 그걸 몸이 버텨 낸다면.

　"그건 위험합니다. 저 기를 받아들이려다가 기혈이 터져 나간 이가 한둘인 줄 압니까?"

길림이 고개를 저었다.

남궁혁은 자신이 익힌 남궁세가의 대연심공은 가장 자연

에 가까운 심법이며, 모든 혈도가 순수한 자연의 기에 길들여져 있으므로 가능성이 높다고 모두를 설득했다.

대신 몇 가지 제약은 있었다. 환귀곡의 진기가 흐르는 중심, 즉 환귀곡의 하단전에 해당하는 곳에서 운기 조식을 하듯 앉은 자세로 한 뼘도 움직이지 말고 백혈성을 상대해야 했다.

그렇지 않으면 균형을 잃은 자연지기는 거센 물살이 되어 남궁혁의 내부를 넝마로 만들어 버릴 것이었다.

그 때문에 해단영이 나서 백혈성을 유인해야 했다.

몇 번 위험한 순간이 있었지만 해단영은 남궁혁이 대기하고 있는 곳으로 그를 끌어들이는 데 성공했다.

그리고 지금.

환귀곡을 통째로 날려 버릴 것 같은 폭발이 연이어 터졌다.

귀를 찢을 듯이 울리는 검명(劍鳴)은 남궁혁의 검이 얼마나 감당치 못할 진기를 주입받고 있는지 실감하게 했다.

도통 시야를 밝혀 줄 생각이 없는 모래 먼지에는 어느새 축축한 혈향이 짙게 배기 시작했다.

그 피의 주인이 누구인지 눈으로 확인하지 않아도 알 수 있었다.

이내 굉음이 잦아들고 먼지가 가라앉기 시작했다. 길림

은 안력을 돋워 그 안의 상황을 확인할 수 있었다.

백혈성은 처참했다. 침이 마르게 자랑하고 다녔던 혈사편은 손잡이만 남긴 채 구덩이 안에서 나뒹굴고 있었고, 깔끔하게 빗어 넘겼던 머리는 봉두난발이 된 채 피에 젖어 있었다.

무엇보다 놀라운 것은, 해단영을 향해 파천십이장을 거침없이 쏘아대던 양손 중 오른손이 제자리에 없다는 사실이었다.

손 하나를 잃은 백혈성은 간신히 무릎만은 꿇지 않고 버티고 있었다.

한 줄기 빛이 그런 그를 향해 쏜살같이 날아갔다.

"이기어검!"

믿을 수 없는 속도로 백혈성을 공격하는 그것은 분명 남궁혁의 검이었다.

검뿐이 아니었다. 부서진 바윗돌까지 엄청난 공력이 실린 채 백혈성에게 쇄도했다.

남궁혁이 앉아 있는 곳으로부터 백 장의 반경.

지금 안은 완벽히 그의 영역이었다. 백혈성이 그 안에서 살아남기란 요원해 보였다.

"크흡!"

백혈성은 이를 악물며 자신에게로 쏟아지는 바위 세례

위로 솟아올랐다.

한 손을 잃어 균형을 잡기 어려웠지만 그는 바위의 공력을 반탄력으로 삼아 피를 토하며 날아올랐다.

이제 그도 지금 처한 상황을 이해하고 있었다.

손 하나가 날아가고 출혈이 심해지자 죽을지도 모른다는 위기감이 정신을 바짝 차리게 했다.

어떻게 가능한 건지는 모르겠지만 저 애송이가 환귀곡의 진기를 이용해 자신을 농락하는 게 분명했다.

'그렇다면 놈의 영역만 빠져나가면……!'

마교의 이 공자는 그냥 얻은 이름이 아니었다. 흥분에서 빠져나오자 앉은 자리에서 움직이지 않는 놈이 눈에 들어왔고, 백혈성은 판단을 마쳤다.

백혈성은 날아오른 돌무더기를 밟고 뛰어오르며 몇 개는 걷어차 남궁혁에게 돌려보냈다.

돌덩이들은 백혈성의 각법에 의해 산산조각이 났다. 그리고 그대로 붉은 진기를 머금고 다시 남궁혁에게 쏘아졌다.

남궁혁이 이를 막아 내는 동안 백혈성은 더욱 잽싸게 날았다.

드디어 놈의 영역을 벗어났다고 쾌재를 부르려던 찰나, 오른팔 팔꿈치에서 시큰한 감각이 전해졌다.

"헉……!"

손목이 잘렸던 그 팔이었다. 남궁혁의 이기어검이 끝까지 그를 쫓아온 것이다.

이미 극심한 고통에 길들여져 아픔을 모를 줄 알았던 팔에서 격통이 느껴졌다.

그는 왼손으로 얼마 남지 않은 마기를 끌어내 피가 뚝뚝 흐르는 오른팔의 상처를 감싼 채 도망쳤다.

"어딜!"

남궁혁의 영역 밖에 숨어 있던 길림과 뇌력대주가 백혈성의 앞을 막아섰다.

누가 봐도 백혈성이 불리한 상황이었지만 길림과 뇌력대주의 상태도 썩 좋지 않았다.

몇 달이나 묶여 지낸 데다가 기혈을 제압당해 있었으니까.

해단영과 나머지 무인들은 백혈성의 수하를 상대하느라 도움을 기대할 수 있는 상황이 아니었다.

"한 팔을 잃었다고 네깟 놈들이 내 상대가 될 줄 아느냐!"

백혈성은 피 묻은 왼손을 휘둘러 장력을 쏘았다.

아까에 비해서 한참 위력이 떨어진 파천십이장이었지만, 몸이 상할 대로 상한 길림에게는 그것도 충분히 위협

적이었다.

"대공자!"

뇌력대주가 겨우 신형을 쏘아 쓰러지는 길림을 받아 들었다.

그 외침에 백혈성의 수하를 상대하던 해단영도 주의를 빼앗겼다.

순식간에 백혈성과 수하는 환귀곡의 입구로 내달렸다.

"이 공자!"

"가자!"

수하도 못지않게 너덜너덜해진 모습을 본 백혈성은 눈에 핏발이 선 채로 이를 악물었다.

"빌어먹을 놈들! 여기 갇혀 굶어 뒈져 버리라지!"

백혈성은 남은 공력을 모아 환귀곡의 입구를 연 후, 그대로 진법이 새겨진 절벽을 부숴 버렸다.

어차피 자신의 내공이 아니면 환귀곡은 문을 열어 주지 않을 테지만 만약을 위해서였다.

백혈성이 입구를 통과하자 순식간에 환귀곡의 입구는 아까보다 옅은 안개로 휩싸였다.

서둘러 달려온 해단영이 운무 사이로 뛰어들었지만, 이내 다시 그 사이에서 뛰쳐나오는 모습이 보였다.

"젠장!"

그녀는 입술을 씹으며 차마 입에 담지 못할 욕설을 내뱉었다.

백혈성은 한 팔을 내준 대신 모두를 환귀곡에 가둬 버렸다.

해단영이 대력문을 나오면서 삼 일 내로 자신이 오지 않을 경우 사람을 보내 달라고 부탁하긴 했지만 도움이 되진 않을 터였다.

"마교 놈의 손에 죽는 건 피했지만 굶어 죽게 생겼군요."

뇌력대주는 화낼 기운도 잃은 듯 털썩 주저앉았다.

백혈성의 부하들이 가져온 식량이 있긴 했지만 그 양은 며칠 숨만 붙어 있을 정도의 벽곡단과 물에 불과했다.

다들 오래 무공을 닦아 온 이들인 만큼 어느 정도는 버틸 수 있겠지만 버티는 것이 근본적인 해결책은 되지 못했다.

"어휴, 어지러워…… 백혈성은 잡았어요?"

환귀곡의 중심에서 벗어난 남궁혁이 머리를 짚으며 입구 쪽으로 어기적어기적 걸어왔다.

막대한 진기를 유통시키느라 고생이 심했는지 남궁혁은 얼굴이 해쓱해져 있었다.

그 얼굴을 보자 해단영은 차마 면목이 없다는 듯 이를

악물었다.

"미안해요, 소가주. 소가주가 최선을 다했는데……."

그들의 침울한 얼굴을 보고 대충 예상은 한 바긴 했다. 남궁혁은 다시 입구를 메운 운무를 보며 침음을 삼켰다.

"사저는 잘못이 없습니다. 우리가 놓쳤습니다."

해단영의 사죄에 길림이 나섰다. 도망치던 백혈성의 일장을 피하지 못해 틈을 내준 것은 엄연히 그의 잘못이었다.

어둠이 가라앉은 얼굴들을 보며 남궁혁이 혀를 찼다.

"아이구. 잘잘못을 따져서 뭐해요? 그렇게 치자면 제대로 끝장을 못 낸 내 잘못이지."

그렇게 말해도 이 자리에서 남궁혁을 탓할 사람은 아무도 없었다.

남궁혁이 가장 큰 공헌을 한 데다가, 그를 탓한다고 이곳을 탈출할 방법이 나오는 것도 아니니까.

"일단 좀 쉬고 생각해 보자고요. 뭐 좀 먹으면 안 돼요?"

남궁혁은 그대로 환귀곡 입구에 털썩 주저앉았다. 그는 지금 엄청나게 지쳐 있었다.

내공은 막대한 진기가 휘몰아치는 혈도를 보호하느라 다 써 버렸고, 능력에 안 맞는 기를 제어하느라 심력의 소모도 상당했다.

몸은 간절하게 곡기를 요구했고 눈앞이 흐렸다.

주저앉은 채 가부좌를 틀고, 남궁혁은 들끓는 몸의 내부를 가라앉혔다.

함부로 운기 조식을 할 수 있는 환경이 아니었지만 자세를 취하는 것만으로도 몸은 천천히 안정을 되찾았다.

이렇게 고요해지니 오히려 몸 안의 소리가 더욱 잘 들려왔다.

단전이 게걸스럽게 기를 갈구하며 요동쳤다. 온몸의 혈맥이 아귀도처럼 헐떡였다.

온몸이 바싹 마른 사막의 모래 같았다. 엄청난 폭우와 함께 물에 잠겼다가 그대로 물이 빠져나간 모래.

화경의 고수를 압도할 정도의 자연지기를 맛본 몸은 이 허기를 견디지 못하고 남궁혁을 닦달했다.

해단영이 백혈성의 수하들이 들고 온 벽곡단과 물을 가져왔다.

남궁혁은 서둘러 그것들을 삼켰지만 혈도는 위장만큼 쉬이 잠잠해지지 않았다.

난생처음 겪어 보는 감각이었다. 심리적으로 더 높은 경지를 탐하는 것이 아니라 몸이 갈구하다니.

이 갈증을 해소하지 않으면 자칫 미쳐 버릴 것 같았다.

마교나 사파의 무인들은 경지가 높아질수록 피를 탐한다더니, 이게 바로 그것과 비슷한 기분이 아닐까.

남궁혁은 애써 기갈을 억누르며 입을 열었다.

"백혈성이 나가는 방법을 부숴 버리고 나간 거 같긴 하지만 뭔가 방법이 있을 거예요. 마교가 접수하기 전에도 사용됐던 곳이니까."

그가 말을 꺼내자 벽곡단을 먹고 기운을 차린 사람들이 일어나 옅은 운무 속을 헤집고 다녔다.

혹시나 있을 출구의 가능성을 찾아다니는 것이다.

남궁혁도 그 행렬에 가담하고 싶었지만, 지금으로서는 몸의 갈급을 가다듬는 게 급선무였다.

가만히 앉아 마음을 가라앉히며 사람들을 지켜보고 있자니, 뭔가 이상하다는 감각이 자꾸 그를 건드렸다.

'왜 사람들이 눈에 보이지?'

아무리 눈을 깜빡여 봐도 운무 속을 헤치고 다니는 사람들의 신형이 뚜렷이 보였다.

처음 환귀곡의 입구에 들어왔을 때는 그 짙은 안개 때문에 한 치 앞을 분간할 수 없을 정도였다.

그런데 지금은, 분명 안개가 깔려 있긴 했지만 지나치게 옅었다.

변화였다. 어떠한 원인이 있기에 생긴 변화.

남궁혁은 환귀곡에 들어와서 있던 일들을 하나둘 되짚어
보았다.

"설마······?"

"뭐 좋은 생각이라도 났습니까, 남궁 소협?"

주변을 둘러보던 길림이 다가와 정중히 물었다.

그의 태도는 처음 남궁혁이 환귀곡의 진기를 이용하자고
제안했을 때에 비해 한결 깍듯해져 있었다.

비록 자연의 기를 이용했다고 하나 그 기를 몸에 흐르게
만들어 유형화된 힘으로 발출하는 것은 아무나 할 수 있는
일이 아닌 것이다.

게다가 다 잡은 백혈성을 자기 때문에 놓쳤다는 죄책감
도 그 정중함에 한몫 했다.

남궁혁은 길림의 물음에도 잠시 턱을 괴고 생각에 잠겼
다가 고개를 들었다.

"잠깐 이쪽으로 와 주세요!"

그의 부름에 모두가 기다렸다는 듯 모여들었다. 그 짧은
사이에 대력문의 사람들은 모두 남궁혁에게 의지하고 있었
다.

"뭔가 방법이 있는 건가요, 소가주?"

"으음, 이것도 아까처럼 가설에 불과한 거긴 한데요."

"괜찮습니다. 말해 주십시오."

"환귀곡의 안개가 좀 흐려지지 않았어요?"

"안개요?"

모두의 시선이 입구의 안개로 향했다. 길림과 나머지는 잘 모르겠다며 고개를 저었고 해단영은 그런 거 같기도 하다며 고개를 끄덕였다.

"아까 제가 환귀곡의 진기를 휘발시켜서 저 안개의 진이 조금 약해진 게 아닐까 싶거든요."

"가능성이 있는 얘기군요. 저 진은 여기 고여 있는 진기를 이용해 만들어진 거니까요."

"그렇다면 그게 어떻게 도움이 된다는 겁니까? 아까처럼 남궁 소협이 또 진기를 받아들여서 환귀곡의 진기를 전부 써 버리겠다는 얘깁니까?"

길림의 말에 모두들 그런 수가 있었다며 감탄했다. 그러나 남궁혁의 생각은 달랐다.

"아뇨. 아까 같은 걸 또 하기엔 제 단전이 고갈돼서요. 이번엔 다른 방법을 써 볼 생각이에요."

"다른 방법이요?"

"저 진기를 제 몸으로 갈무리할 수 있다면……."

"무립니다."

길림이 남궁혁의 말을 끊으며 고개를 저었다. 그는 이미 환귀곡의 진기를 흡수하려다 죽어 나간 이를 봐 왔다.

"남궁 소협의 심법이 자연지기를 받아들이는 데 특화되어 있다고는 하지만 너무 위험합니다."

"끝까지 들으세요. 제가 그 심법만 갖고 있는 게 아니거든요."

"그게 무슨……?"

"저한텐 지금 오행신공이 있어요. 구결을 전부 외우고 있죠."

원래대로라면 타인에게 자신이 가진 무공에 대해서 말하지 않는 것이 무림의 상식이었다.

그러나 여기서 빠져나가지 않으면 그런 무공을 갖고 있는 게 다 무슨 소용인가.

남궁혁은 그들에게 차근차근 자신의 생각을 설명했다.

"오행신공은 한 번에 한 성질을 가진 진기만 받아들이는 심법이죠. 환귀곡의 진기가 지독할 정도로 짙긴 하지만 나눠서 흡기하면 몸이 버틸 수 있을 거 같아요."

아까 환귀곡의 진기를 신명나게 써 버린 덕분에 농도가 훨씬 옅어진 덕분이었다.

처음 들어왔을 때의 지극한 농도라면 오행 중 한 성질만 받아들여도 혈도가 터져 나갔으리라.

게다가 진기의 홍수를 맛본 혈맥이 다시금 그 순수한 기를 갈구하고 있다는 점도 도움이 될 것 같았다.

뭐든 처음이 어렵지, 그다음부터는 한결 쉬워지는 법이니까.

안 그래도 오행신공을 수련하기 위해 자연의 기가 농축된 곳을 찾아가려던 남궁혁이었다.

계획대로만 된다면 환귀곡을 벗어날 수도 있고 그 또한 비교할 수 없는 순수한 진기를 얻을 수 있으니, 이거야말로 도랑치고 가재 잡는 격이었다.

"하지만 한 번에 두 개의 심공을 익히다니. 너무 위험해요."

"맞습니다, 남궁 소협. 일단 다른 방법을 찾아봅시다."

해단영과 길림은 극구 말렸다. 누가 들어도 미친 짓이었다. 주화입마로 가는 지름길이 아닌가.

게다가 남궁혁은 대력문의 일과 직접적으로 상관이 없었다.

안 그래도 일에 휘말리게 해서 미안한 데다 백혈성에 대한 빚도 졌는데 더 이상의 위험을 감수하게 둘 수는 없었다.

"사실…… 저에게는 원합심공도 있어요."

오행신공은 몰라도 원합심공까진 얘기하지 않으려고 했는데.

남궁혁은 뒷머리를 긁으며 그들의 말을 막았다.

원합심공.

그 희소성과 이종 진기를 녹이는 특성 때문에 유명한 심법의 이름에, 길림과 해단영이 동시에 말을 멈췄다.

"그렇군요. 오행신공으로 환귀곡의 진기를 흡수한 다음, 원합심공으로 갈무리하겠다는 말인가요?"

"해 문주님이 잘 정리해 주셨네요."

해단영이 침을 꿀꺽 삼켰다. 아무리 그 힘이 약해졌다지만 환귀곡에 쌓여 온 진기의 양은 엄청나다.

그걸 전부 흡수한다면 남궁혁은 사상 초유의 내력을 지니게 될 것이다. 무사히 성공만 한다면.

"그치만 워낙 다른 성격의 심공들이라 여기 있는 진기를 전부 몸에 쌓지는 못할 거고, 어느 정도 휘발되는 건 감수해야죠."

"그렇군요. 그래서 우리에게 모든 내용을 털어놓은 거군요."

남궁혁이 고개를 끄덕였다.

서로 다른 진기가 몸 안에서 충돌하면 주화입마가 생기는데, 이 경우의 주화입마는 단순히 잘못된 심공을 익혀 생기는 입마와는 다르다.

입마(入魔).

이종 진기의 충돌은 역류를 부르고, 내력은 곧 평생을

익혀 왔던 방향이 아닌 다른 방향으로 거칠게 휘몰아친다.

정파의 심공을 익힌 사람들은 사파의 방향을, 사파의 심공을 익힌 사람들은 정파의 방향을 따라 혈도를 자극당한다.

몸의 흐름이 두 개로 파사삭 쪼개지고 인간의 이지 또한 그에 영향을 받는다.

주화입마를 다루는 데는 그 틈새 사이로 스며든 마성을 억눌러 주는 것이 가장 필수적이었다.

지금 남궁혁은 혹시나 있을 진기의 충돌을 대비해 자신을 막아 달라고 부탁하고 있었다.

"다행히 제가 익힌 대연심공과 오행신공은 둘 다 자연의 깨끗한 정기만 받아들이는 정파의 심공이라 심각한 수준은 아닐 거예요. 제가 정신을 붙잡고 원합심공의 구결을 운용할 때까지만 제 발작을 막아 주시면 돼요."

침묵 속으로 누군가가 침을 꿀꺽 삼키는 소리가 들렸다.

아까 남궁혁이 보여 준 무위를 떠올리는 모양이었다. 그도 아니면 자신들의 일에 휘말려 큰 위험을 져야 하는 남궁혁을 반드시 지켜야 한다는 사명감을 다지고 있는 걸지도 몰랐다.

결국 모두가 그의 말에 동의하자 남궁혁은 아까 큰 반구형의 구멍을 뚫었던 환귀곡의 중심으로 돌아갔다.

아직도 오롯이 탑처럼 솟아 있는 중심으로 신형을 날린 그는 한 자 남짓의 땅에 가부좌를 틀고 앉았다.

벌써부터 온몸의 혈도가 쿵쾅거리며 진기의 흡수를 고대하고 있었다.

해단영과 대력문의 사람들이 방위에 맞춰 늘어섰다.

그들의 긴장감 어린 시선 속에서 남궁혁은 차분히 눈을 감고 천천히 환기곡의 넘실거리는 진기를 호흡하기 시작했다.

평소의 진기가 바람이나 시냇물을 받아들이는 것 같다면, 환귀곡의 진기는 등충의 유황이나 기름을 꿀꺽꿀꺽 삼키는 기분에 가까웠다.

자칫하면 울컥 토해 버릴 것 같은 농밀한 기를 남궁혁은 오행신공의 구결에 따라 인도했다.

맨 처음은 토(土)다.

오행의 시작은 불과 물이지만, 흙이야말로 만물의 그릇이니까.

오행신공의 무공서에도 가급적 흙의 진기를 먼저 쌓을 것을 당부하고 있었다.

그래야 나머지 기운을 축적할 때 균형이 덜 무너지기 때문이다.

끈적끈적한 진기가 임독양맥을 돌아 단전으로 흘러들어

갔다.

그러나 이것을 그대로 단전에 쌓으면 오행신공의 수련법이라 할 수 없었다.

진기가 단전에 안착하기 전에 남궁혁이 남은 내공을 긁어모아 이를 십이기경 중 하나인 족양명위경으로 이끌었다.

인간의 주요 장기 열 가지는 각기 오행의 성격에 따른 경맥을 가지고 있다.

금기의 수태음폐경, 수양명대장경.

토기의 족양명위경, 족태음비경.

화기의 수소음심경, 수태양소장경.

수기의 족태양방광경, 족소음신경.

목기의 족소양담경, 족궐음간경.

그중 각 오행에 맞는 경맥에 진기를 순환시키면 해당 오행의 진기만 남고 나머지는 휘발되어 버린다.

평소라면 쌓이는 진기의 양이 미미해 별로 선호되지는 않는 방식이다.

때문에 정사를 막론하고 내공의 수련은 단전 주위의 혈도를 도는 소주천과 임독양맥을 회전하는 대주천이 중심이었다.

그러나 이곳은 천 년의 자연지기가 꾹꾹 눌리듯 담겨 있는 환귀곡.

남궁혁은 산사태처럼 쏟아지는 진기를 상양(商陽)혈로 이끌었다.

가장 근거리에서 남궁혁을 살피고 있던 해단영이 놀라 눈을 홉떴다.

남궁혁의 배가 크게 부풀었다가 홀쭉하게 꺼지기를 반복했다.

폭발적인 기의 흐름에 토 성질에 해당하는 비장과 위장이 놀란 탓이었다.

그래도 오행지기 중 가장 잔잔한 성격을 가진 토행지기는 남궁혁의 족양명위경과 족태음비경을 거쳐 차근차근 단전에 자리를 잡았다.

토행지기 이외의 오행은 그의 위장과 비장을 들쑤시고는 피부를 통해 스르륵 기화되어 사라졌다.

한참 동안 토행지기를 쌓은 남궁혁은 이어 금, 수, 목행지기를 흡수했다.

방법은 아까와 똑같았다. 날뛰는 야생마 같은 진기를 붙잡아 각기 다른 주행법을 가르치듯이 남궁혁은 인내심을 갖고 수련에 몰두했다.

해단영을 비롯한 주변의 무인들은 남궁혁의 장기들이 터질 듯이 부풀어 올랐다가 다시 가라앉는 모습을 불안하게 지켜볼 뿐이었다.

마지막으로 화행지기만 남았을 때. 남궁혁은 눈을 부릅떴다.

지켜보고 있던 해단영은 검집에 손을 갖다 댔다. 운기 중에 눈을 부릅뜨다니, 좋은 신호는 아니었다.

남궁혁의 기혈이 들끓었다. 온몸의 혈관이 피부 위로 울퉁불퉁하게 도드라졌고, 관자놀이는 터질 듯 부풀어 올랐다.

화행지기는 심장을 관장한다.

가장 격렬하고 파괴적인 성격을 지닌 기운이 들끓으며 남궁혁의 흉부가 기형적으로 확장됐다.

순간 남궁혁이 한 손을 들어 올려 장력을 쏘았다.

"헉!"

뇌력대주가 있는 방향이었다. 그는 겨우 몸을 비틀어 장력을 피했다. 덕분에 그 뒤에 있는 절벽이 장력을 정통으로 맞았다.

콰과과과광!

벽력탄을 터트린 것 같은 폭발음과 함께 절벽의 한 면이 터져 나갔다.

그 모습에 뇌력대주는 가슴을 쓸어내렸다. 남궁혁을 계속 주시하고 있었기에 망정이었다. 뇌력대주가 피할 수 있는 속도가 아니었으니까.

다행히 그 한 번의 장력 이후로 남궁혁의 흉부는 다시 제 모습을 갖추며 가라앉았다.

두 눈이 다시 감기고 긴 날숨이 흘러나오자 모두가 안도의 한숨을 쉬었다.

남궁혁은 제 몸 안에 자리 잡은 각각의 오행진기가 한 줄의 내공으로 얽히는 것을 느꼈다.

가장 먼저 자리를 잡은 토행지기에서부터 금기, 수기, 목기, 화기에 이르기까지.

상생의 묘리에 맞춰 순환하기 시작한 진기는 하나의 타래가 되어 맹렬하게 회전하기 시작했다.

순간 무시무시한 일이 일어나기 시작했다.

해단영은 저도 모르게 신형을 뒤로 날려 남궁혁에게서 몇 장이나 멀어졌다.

다른 이들도 마찬가지였다. 공격이 날아온 것도 아닌데 본능적으로 몸을 피했다.

"뭐, 뭐지?"

길림은 말을 더듬었다. 방금 자신은 그 자리에 있다간 목숨을 잃을 거라는 본능의 경고에 따랐다.

그래, 숨이 끊어졌을 것이다. 저 기파에 휩쓸려 남궁혁에게 흡수됐을 테니까.

그는 침을 꿀꺽 삼켰다.

평범한 사람이라도 느낄 수 있을 정도로 격렬한 기의 회전이 남궁혁을 중심으로 일어나기 시작했다.

환귀곡에 남아 있는 진기는 거침없이 소용돌이치며 그 중심에 선 남궁혁에게 스며들어 갔다.

아까 오행지기를 흡수할 때와는 또 다른 모습이었다.

"입구의 안개가 사라졌습니다!"

저 멀리 입구에 대기하고 있던 무인이 뛰어오며 희소식을 알렸지만 모두의 얼굴은 더욱 딱딱하게 굳어 갔다.

"이종 진기간의 충돌이 시작된 건가?"

"그렇다고 하기엔…… 남궁 소협의 상태가 좀 이상합니다. 입마에 빠진 것 같지는 않아요."

과연 그랬다. 남궁혁은 몸 전체가 무서울 정도로 팽팽하게 부풀기 시작했다. 이건 주화입마의 과정과는 거리가 멀었다.

그러나 남궁혁이 막대한 진기로 인해 고통받고 있다는 사실은 분명했다.

터질 듯이 부풀어 오른 몸을 보는 것만으로도 그 고통이 상상돼 인상이 써질 정도였다.

당사자인 남궁혁은 이를 악물며 그 고통의 늪 속에서 정신을 유지하기 위해 애를 썼다.

오행신공. 과연 신공이라는 이름이 붙을 만큼 무시무시한 심법이었다.

단순히 오행을 하나하나 모아 합치는 것이 아니라, 몸 안에 자연의 순환을 만드는 심법!

오행신공의 진기는 남궁혁의 몸을 자연 그 자체로 만들려고 하고 있었다.

그 과정에서 환귀곡의 진기가 끊임없이 꾸역꾸역 밀려들어 왔다.

잠깐이라도 정신을 놓으면 자연의 기에 그대로 질식할 것 같았다.

그러면 끝이다. 남궁혁은 뼛조각 하나 남기지 못하고 산산조각 나 그대로 자연의 일부가 될 것이다.

너무 성급했나? 아니면 환귀곡의 진기를 이용한다는 발상이 잘못됐던 건가?

어쨌든 이대로 죽을 수는 없었다.

남궁혁의 몸에 원래 자리하던 내기가 주인의 뜻을 알아차리고 나섰다.

본래 자연으로부터 시작한 기였으나 남궁혁에 의해 오랜 시간 길들여진 대연심공의 내공은 끊임없이 생성과 순환을 반복하는 오행진기의 앞길을 막았다.

드디어 두 종의 진기가 충돌하기 시작했다. 눈앞에서 불이 번쩍였다.

임맥에서 시작된 전쟁은 독맥을 향해 내달리더니 이내 전신으로 불거졌다.

이빨이 달달 떨리고 머리카락이 쭈뼛 섰다. 온몸에서 병장기 부딪치는 소리가 들리는 것 같았다.

남궁혁은 일그러지는 정신을 붙잡기 위해서 애를 썼다. 그리고 두 진기의 싸움을 한데 모아 원합심공의 구결대로 돌리려 했다.

그러나 쉽지 않았다. 남궁혁이 가진 모든 내공이 서로 싸우고 있고, 이를 인도하는 것은 오로지 정신력으로만 해결해야 했다.

쉬운 일일 리가 없었다. 쉽지 않을 거라고 예상도 했다.

자다 일어나서도 암송할 수 있게 구결을 달달 외었고 하루에도 몇 번이나 혈도의 위치를 가늠했다.

그러나 두 진기는 몸의 주인의 인도를 거부한 채 오늘이 세상의 끝이라는 듯 맹렬하게 싸워 댔다.

틀린 건가. 이대로 죽는 건가.

운 좋게 얻었던 삶이다. 험한 강호에서 무인으로 살기 시작하면서 언젠가 죽을 수도 있다는 생각을 염두에 두지 않을 순 없었다.

하지만, 그저 묵묵히 일만 했던 지난 생에 비해 즐거운 일이 너무나도 많았다.

검장으로 살길 바랐지만 삶을 위해서 어떤 일도 마다하지 않으셨던 아버지.

그 아버지께 원하는 작업만 할 수 있는 터전을 만들어 드렸다.

어머니가 더 이상 찬 물에 손이 부르트도록 일을 하실 필요도 없었고, 고된 하루하루에 지쳐 쓰러지시게 두지도 않았다.

진우와 진하. 핏줄은 아니지만 남궁혁의 뒷모습을 보며 자식보다도 그를 더 닮아 가는 아이들이 있었고.

제대로 답장 한 번 안 하는 그에게 매 절기마다 꼬박꼬박 편지를 보내 주는 둘도 없는 친우, 모용청연.

청연이에게 검을 만들어 주기로 했는데.

우리는 언제나 검으로 이어져 있는 것이 아니냐며 굳은 신뢰를 보여 주신 옥 누님.

남궁혁이 만든 검으로 검후의 자리에 올라 보일 거라며, 그때까지 자신을 지켜보라고 말해 주셨지.

그리고.

'민 총관이 내가 돌아오길 기다릴 텐데…….'

민도영의 개암 같은 부드러운 눈동자를 시작으로, 이번 생에 만났던 수없이 많은 인연들이 눈앞을 지나갔다.

이게 주마등이라는 건가.

개방 장로 구걸은 답답하다는 듯 들리지도 않는 호통을 쳤고, 곽노의 손자 곽철은 망치를 쥔 손을 부들부들 떨었다.

그리고 한 쌍의 눈동자를 만났다. 남궁현암이다.

그는 빙긋이 웃고는 무어라 중얼거렸다. 들리지 않았지만 그 입술의 움직임을 읽을 수 있었다.

기억해라. 라고?

기억해? 뭘?

"대연심공은 태극의 무공이다. 그래서 한계가 있지."

순간 남궁현암과 무리에 대해 논했던 기억이 스쳐 지나갔다.

저승문이 코앞인 상태에서 이런 게 생각나다니. 자신이 생각보다 무공에 욕심이 많았던 모양이다.

"태극이면 좋은 거 아니에요?"

무슨 똥딴지같은 소리냐며 남궁혁이 되묻자 남궁현암은

피식 웃었었다.

　"이 우주에는 무극(無極)과 태극(太極), 그리고 황
　극(皇極)이 있다. 무극은 아무것도 존재하지 않으나
　동시에 존재하며, 태극은 음양으로 나뉘어 있으나
　그 자체로 완전해 아무런 변화도 생기지 않지. 우
　리의 몸은 태극으로 이루어져 있으나, 혼백은 아니
　다."

　남궁현암은 대화를 나누다가 뜬금없이 이해하기 어려울
만큼 깊은 무학을 늘어놓곤 했다.
　그런 말들은 들었을 때 당장은 무슨 소린지 알 수 없었
지만, 어느 날 한 순간의 깨달음으로 다가오곤 했다.
　때문에 남궁혁은 그런 남궁현암의 말을 주의 깊게 경청
했다.

　"인간을 움직이게 만드는 힘, 자연을 비집고 들
　어가 자신의 자리를 만드는 힘. 균열과 상극을 통해
　수레바퀴를 굴러가게 만드는 힘. 그것이 바로 삼태
　극, 황극의 원리다."
　"으음, 어렵네요."

"어렵지. 그러나 그 묘리를 이해하게 되는 순간 너는 화경에 오를 거다."

남궁현암의 웃는 얼굴마저 사라졌다.

주위가 온통 어둠이었다. 지금이 몇 시인지, 여기가 어디인지.

남궁혁은 자신을 둘러싼 그 어떤 정보도 인지할 수 없었다. 고통도 느껴지지 않았다.

죽은 건가?

아니다. 그는 지금 깨달음의 지점에 서 있었다.

답은 상극(相剋)이다.

상생만으로는 순환할 수 없다. 우주는 언제나 태어나고 소멸한다.

시작에는 끝이 있어야 하고 끝에서 다시 모든 것이 시작된다.

상생과 상극이 동시에 이루어져야 곧 우주가 된다. 상생은 하늘의 도요, 상극은 사람의 도다.

선천을 억제하고 조정하는 것이야말로 인간이 이 땅에 존립할 수 있는 이유.

남궁혁의 부름에 대연심공의 진기가 공명했다. 순수한 자연 그 자체였으나 인간의 몸에 갇혀 그 주인의 의지대로 움직여 왔던 힘.

끝없이 상생하기만 하는 오행신공의 진기를 어쩌지 못했던 대연심공의 진기가 남궁혁의 의지에 따라 길을 열었다.

오행의 순환을 다시 역순으로 거스르자 몸이 막대한 진기를 소화시키기 시작했다.

버려야 할 것은 버리고, 취할 것은 취한다.

남궁혁의 몸 안에서 제대로 법칙이 맞물려 들어가기 시작하면서 그의 몸에는 또다시 큰 변화가 일어났다.

아까 백혈성이 그랬던 것처럼 남궁혁의 몸에서 제멋대로 쏘아져 나오는 기파 때문에 곤욕을 겪고 있던 해단영과 무인들은 그 놀라운 변화에 발을 멈추고 입을 쩍 벌렸다.

남궁혁의 몸에서 광포한 기의 파동이 뿜어져 나오더니 이내 둥실둥실 떠올랐다.

뿌연 안개와 같은 진기가 그의 몸을 감쌌고, 얼핏 서광과도 같은 이채가 간헐적으로 반짝였다.

이 자리에 있는 모두가 이 과정에 대해 들어 본 적이 있었다.

"환골탈태라니⋯⋯!"

상생과 상극, 원합심공을 통해 한 줄기로 꼬이기 시작한 두 개의 진기는 남궁혁의 근골을 휘감으며 재조립을 시작했다.

근육은 한 가닥 한 가닥이 새로 돋아나고 뼈마디에서는 우두둑 우두둑 요란한 소리가 울렸다.

경맥 사이사이에 끼어 있던 불순물이 피부를 통해 시커먼 액체가 되어 꾸물꾸물 기어 나왔다.

불순물의 양은 그리 많지 않았다. 워낙 어릴 때부터 심법을 단련해 왔으니까.

거기에 아까 오행신공을 수련하면서 남은 오행진기가 혈도를 빠져나가는 과정에서 각 장기의 탁기를 태워 버린 덕분에 남궁혁의 신체는 마치 벌모세수를 받은 어린아이의 그것처럼 정갈해졌다.

남궁혁은 천천히 눈을 떴다. 몸이 마치 깃털처럼 가벼웠다.

깃털이 하늘하늘 바닥을 향해 떨어지는 것처럼 그의 몸이 사뿐 가라앉았다.

머리 위 하늘은 맑고 등을 맞댄 대지는 드넓었다.

세상의 도가 이 몸 안에 있구나, 그것을 깨달은 순간 남궁혁은 정신을 잃었다.

*　　　*　　　*

눈을 뜨자 보이는 것은 말끔한 천장이었다.

남궁혁은 몇 번 눈을 깜빡이다가 천천히 몸을 일으켰다. 팔을 돌려 보고, 다리를 털어 보는 등 전신을 확인했다. 모든 것이 멀쩡했다.

전과는 다른 것도 있었다. 남궁혁은 호흡을 들이쉬고 내쉬면서 지금 서 있는 곳의 공기를 받아들였다.

반경 십 장 내에 있는 존재들의 움직임이 느껴졌다.

짐을 내리고 싣느라 분주한 소리와 짤랑거리는 동전의 소리, 주판을 굴리고 먹에 붓을 푹 찍는 소리까지.

"……진련상단의 별채인가 보네."

자신이 어디 있는지 파악한 남궁혁은 문밖으로 걸어 나와 맑은 하늘을 보았다.

오행신공과 대연심공의 합일을 이룬 후 정신을 잃었던 것까지는 기억이 났다.

진련상단으로 돌아와 있는 걸 보면, 환귀곡의 진기를 흡수하면 나갈 수 있을 거라는 그의 계산이 맞아 떨어진 모양이었다.

정신을 차린 남궁혁을 본 하인이 진소령에게 알리겠다며 달려갔다.

일각 뒤. 진소령과 해단영 그리고 길림이 별채로 들어섰다.

"소가주, 일어나셨군요!"

"어떻게 세 분이 같이 와요?"

남궁혁의 물음에 해단영이 답했다.

"소가주의 상태가 염려되어 매일같이 진련상단에 들르던 참이었어요. 슬슬 돌아가려고 했는데 소가주가 깨어났다는 소식을 들었거든요."

남궁혁을 위아래로 살피는 해단영의 얼굴에는 그간 걱정한 기색이 역력했다.

그건 진소령이나 길림도 마찬가지였다.

진소령이야 그렇다 쳐도 길림의 시선은 좀 부담스러웠다.

환귀곡에 있을 때는 부랑자나 다름없더니, 깨끗하게 씻고 정갈하게 차려입은 그는 한 문파의 대공자다운 풍모가 엿보였다.

그런 길림이 방에 들어서자마자 남궁혁에게 대뜸 절을 올리니 부담스럽지 않을 수 있나.

"이건 갑자기 뭡니까?"

"소협은 이 길림을 구명해 주신 은인이며, 동시에 대력문의 은인이기도 합니다. 어찌 감사를 올리지 않을 수 있겠습니까."

처음에는 저건 웬 놈팡이야라는 얼굴이더니, 이제는 구명의 은인이라.

남궁혁은 피식 웃었다. 그래도 영 글러먹은 사람은 아닌 것 같았다.

"일어나세요. 저보다 나이도 많은 분께 이렇게 지극한 예를 받으면 불편해요."

길림은 그 말에 자리에서 일어났지만 여전히 공손한 태도를 풀지는 않았다.

"근데 제가 며칠이나 누워 있었던 거예요?"

"해 문주님이 소가주를 이곳으로 모셔온 지 열흘이 지났습니다."

"열흘이요? 환골탈태를 한 것 치곤 의외로 오래 안 지났네요."

남궁혁이 어깨를 으쓱였다. 보통 환골탈태를 하면 보름 이상은 정신을 차리지 못하는 게 정상이었다.

"소가주. 지금 상태는 어때요?"

해단영이 물었다. 상태가 어떠냐라. 환골탈태의 결과가 어떠냐는 말이다. 남의 성취에 대해 대놓고 물을 수는 없으니까.

남궁혁이 빙긋 웃었다.

"지금 상태라면 환귀곡의 진기를 빌리지 않고도 백혈성하고 한 번 싸워 볼 만하겠는데요."

직설적으로 말하진 않았지만 그 말이 의미하는 것은 하

나였다.

화경. 그 지고한 경지에 올랐다는 것.

전과 달리 심유해진 눈빛과 행동 하나하나가 자연의 흐름에 거슬림 없는 모습이 남궁혁의 성취를 엿보게 했다.

길림은 존경의 눈빛을 보냈고 해단영은 부럽다는 듯 침을 삼켰다.

지금 남궁혁의 혈도를 타고 흐르는 도도한 진기는 이 갑자를 훌쩍 뛰어넘었다.

그만한 고생을 한 것에 비해 엄청난 양은 아니었지만 어느 정도 비워 내지 않았다면 죽을 뻔했으니, 남궁혁이 담을 수 있는 내공은 다 담은 셈이었다.

"이 얘기는 가급적 비밀로 해 주세요. 어디 퍼져 나가서 좋을 건 없으니까."

"당연한 말씀을. 소가주는 우리의 은인이에요. 대력문은 은인께 해가 될 수 있는 말과 행동은 하지 않을 거예요."

"문주님의 말씀이 맞습니다. 이미 그날 함께 있었던 무인들에게도 단단히 일러두었습니다."

두 사람에게선 단단한 결의가 느껴졌다. 칼로 찔러도 그들에게서 남궁혁의 성취에 대한 말을 듣기는 어려우리라.

진소령이야 이미 반은 남궁장인가의 사람이니 걱정할 것은 없었다.

"환귀곡은 어떻게 됐나요? 백혈성은요?"

"환귀곡은 이제 평범한 계곡으로 돌아갔어요. 아마 세월이 한참 흐르면 전처럼 절진이 펼쳐질지도 모르겠지만, 그만한 진기가 쌓이려면 상당한 시간이 걸리겠죠."

해단영은 아쉽다는 듯 입맛을 다셨다. 타고난 무인이라 남궁혁의 성취가 못내 부러운 모양이었다.

"백혈성과 마교는 그날 사라진 이후로 이렇다 할 반응을 보이지 않고 있어요. 더 이상 대력문을 건드릴 명분이 없어졌으니까."

남궁혁은 길림을 힐끔 보았다.

이렇게 해단영의 옆에 나란히 있는 걸 보면 오해를 잘 해결한 모양이었다. 몇 년이나 쌓인 오해를 고작 열흘 동안 해소하다니.

하긴 그 전에 십 년이 넘는 세월을 함께 동고동락한 문파의 사람들일 테니 그럴 만도 했다.

남궁장인가도 언젠가 저만큼 끈끈한 결속력을 가지게 될 수 있을까?

"그런데 진 행수님. 저 밥 좀 주시면 안 돼요? 열흘이나 누워 있었더니 위장에서 천둥이 치는데."

"아, 바로 준비시키겠습니다. 두 분도 함께 들고 가시죠."

남궁혁의 말에 진소령이 서둘러 일어났다.

얼마 안 있어 진련상단의 창고를 털어 가장 귀한 식재료로 차린 상차림이 남궁혁이 있는 별채로 들어왔고, 네 사람은 화기애애하게 얘기를 나누며 식사를 했다.

第五章

귀환, 그리고
달갑지 않은 손님

섬서의 북쪽.

화산파의 손길도 미치지 않는 이곳은 하나의 대장장이 문파가 강력한 영향력을 행사하고 있었다.

문파에 고용되었거나 소작을 부치는 이가 많다 보니 자연스럽게 형성된 세력권이었다.

세력이란 곧 사람이다.

사람이 삶을 영위하기 위해 먹고 마시고 잠들고 쓰는 모든 것들이 거미줄처럼 얽혀 복잡한 관계를 만들고, 그 관계의 중심에 선 자가 그 힘을 쥐게 된다.

때문에 이 드넓은 땅에서 관가 보다 더욱 큰 영향을 미치게 된 남궁장인가의 행정을 담당하는 가솔들은 매일매일 눈코 뜰 새 없이 바쁜 나날을 보내고 있었다.

그중 가장 눈썹이 휘날리게 일하는 이라면 단연 세가의 총관인 민도영일 것이다.

대장간의 불도 올라오지 않은 시간, 민도영은 잠에서 깨어났다.

남궁혁이 모종의 목적으로 남궁장인가를 떠난 지도 벌써 반년이 훌쩍 넘었다.

일 년을 기한으로 떠난 길이니 앞으로도 석 달은 더 기다려야 할 것이다.

처음에는 마음 한구석이 허하기만 했던 민도영이었지만, 그녀는 곧 추스르고 평소와 다름없는 생활을 이어 나갔다.

아니, 남궁혁이 없는 만큼 더욱 바쁘게 지냈다.

영문 모를 허전함을 달래기 위해서기도 했지만 남궁혁이 없는 만큼 일도 더 늘어났으니까.

그러나 무엇보다도, 그가 돌아왔을 때 떠날 때와 별반 다르지 않은, 가능하다면 더 발전한 세가의 모습을 보여 주고 싶었다.

때문에 민도영은 간단하게 매무새를 가다듬고 처소를 나섰다.

오늘도 처리해야 할 일이 무척 많았다.

새벽 어스름 사이로 그녀의 흰 옷자락이 팔락였다.

남자인지 여자인지, 그 태를 보지 않으면 쉬이 알 수 없는 흰 옷은 민도영의 상징이나 다름없었다.

"민 총관?"

누군가 그 모습을 알아봤는지 저 멀리서 말을 걸었다.

이렇게 이른 시간에 누가 깨어 있는 거지? 민도영이 고개를 돌렸다.

적막한 어둠 속에서 누군가가 저벅저벅 걸어왔다.

그러나 무공을 익히지 않은 평범한 여인에 불과한 민도영이 얼굴을 알아볼 수 있는 거리는 아니었다.

그러나 분명 귀에 익은 목소리였다. 매일같이 그리워했던 그 음색이 분명했다.

"……소가주?"

민도영의 반신반의하는 물음과 함께 남궁혁이 서서히 밝아 오는 하늘을 등지고 모습을 드러냈다.

"오랜만이에요. 돌아왔어요."

*　　　*　　　*

남궁혁은 집에 돌아오자마자 한숨 늘어지게 자고 일어난

후 가족들을 만났다.

마음 같아서는 조금 더 쉬고 싶었지만, 눈을 뜨자마자 다들 방문 앞에 옹기종기 모여 있는 탓에 어쩔 수 없었다.

남궁혁의 방에 아버지와 어머니, 진우와 진하가 들어오고 마지막으로 민도영도 자리했다.

"다들 건강히 잘 있었던 거 같아서 다행이에요."

"우리야 별일이 있었겠니. 민 총관이 잘 챙겨 줬단다."

소연화의 칭찬에 민도영의 얼굴이 발그레 물들었다. 남궁혁은 민도영 쪽을 보곤 싱긋 웃었다.

"고마워요, 민 총관."

"제가 할 일을 했을 뿐인 걸요."

두 사람이 상투적인 인사를 나누는 것을 보며 남궁혁의 어머니는 흡족하게 웃었다.

어머니 소연화는 민도영이 참 마음에 들었다. 총관으로서 온 힘을 다해 남궁혁을 돕는 것도 그랬고, 그 일 처리나 꼼꼼한 마음 씀씀이도 더할 나위 없었다.

며느리로 민도영 같은 아이를 들인다면 좋을 텐데.

남궁혁보다 나이가 몇 살 많다는 것도 별로 흠이 되지 않았다.

꼬마 신랑이 성숙한 여인을 신부로 맞는 것도 흔한 세상이 아니던가.

게다가 남궁혁과 민도영도 서로 마음이 없지 않아 보였
다.

　남편인 남궁규원은 지금까지 남궁혁이 알아서 잘해 왔
으니 혼사에 관한 문제도 알아서 하게 내버려 두라고 했지
만, 그래도 이건 규중의 일이다. 소연화의 생각에는 자신
이 나설 일이었다.

　사이좋게 서로의 안부를 묻는 아들과 미래 며느리 후보
를 보며 어머니는 조만간 둘의 혼사를 밀어붙여야겠다고
다짐했다.

　"그나저나, 진우는 키가 더 컸구나?"

　남궁혁이 드디어 민도영과의 대화를 마치고 진우, 진하
에게 시선을 돌렸다.

　오랜만에 만난 사부가 변한 점을 알아봐 준 것이 기뻤는
지 진우의 얼굴이 화색을 띠었다.

　유랑걸식을 하던 세월이 오래 되어서 또래에 비해 작은
남매였다.

　그랬던 것이 남궁혁을 만나 제 때 잘 먹고 잘 쉬면서 동
시에 무공까지 연마를 하니 두 남매는 하루가 다르게 콩나
물처럼 쑥쑥 자랐다.

　특히 진우의 성장은 마치 소싯적 남궁혁의 성장을 보는
듯했다.

아직 나이가 열다섯밖에 되지 않았는데 벌써 키가 육 척에 가까웠고, 얼굴은 사내의 선이 짙게 드러나고 있었다.

"무공도 많이 늘었어요! 사부님이 안 계신 동안 하루도 거르지 않고 열심히 노력했으니까 이따 꼭 봐 주세요!"

그래도 이런 모습을 보면 여전히 어린아이였다. 물론 남궁혁에게나 귀여운 제자지, 남궁장인가에서는 그 사부 못지않게 엄하고 깐깐한 존재였지만.

"사부님. 저도 그동안 곽은 장인께 가르침을 많이 받았어요."

옆에 앉아 있던 진하가 다소곳하게 말했다. 진하는 어릴 때는 무척이나 발랄했는데, 나이를 먹을수록 차분해지는 모습을 보였다.

고작 나이 열넷의 소녀가 보이기에는 지나치게 성숙한 태도이긴 했다.

"그래. 세공에 대해 성과를 좀 거둔 모양이네."

"저도 좀 이따 보여 드릴게요. 사부님 처소로 찾아가도 될까요?"

고 어린 것이 고개를 숙이고 속눈썹을 파르르 떠는 모습에 옆에 앉아 있던 진우가 볼을 부풀리며 쿡쿡 웃었다.

늘 함께 지낸 남매다 보니 진우는 진하가 갑자기 왜 저렇게 차분해졌는지 눈치를 채고 있었다.

열네 살. 소녀가 첫 연정을 시작하는 나이인 것이다.

그 대상이 사부인 남궁혁임은 의심할 필요도 없었다. 진우가 보기에도 이 근방에서 사부님만큼 멋진 사람은 없었으니까.

그런 남궁혁이 늘 차분하고 정갈한 민도영에게 관심이 있어 보이니까 자기도 사부님의 눈길을 받겠다고 갑자기 저렇게 어울리지 않는 얌전한 척을 하고 있는 것이다.

"뭘 처소까지 와. 이따 공방에 들를 거니까 그때 같이 보자."

진하의 의도를 아는지 모르는지, 남궁혁은 다정하게 웃으며 진하의 청을 거절했다.

어린 소녀의 볼이 움찔거리고 소녀의 오라비는 차마 웃음을 참지 못하고 입술 사이로 키득키득 웃음을 흘렸다.

어른들은 그 소녀의 연심이 그저 귀엽기만 한지 살풋 웃어 보였다. 특히 민도영이 너그러운 미소를 지으며 자신을 바라보자 진하는 그것이 못내 마음에 안 드는 듯 입술을 삐죽였다.

모두와의 가벼운 인사가 끝나고, 남궁규원이 입을 열었다.

"그래. 원하던 바는 얻었더냐."

"네. 원했던 것도 얻었지만 그 이상의 것도 얻었어요."

"그 이상의 것?"

남궁혁은 자신이 강호를 떠돌았던 이유가 제갈화영이라는 참모를 얻기 위해서였다는 사실을 털어놓았다.

이중에서는 민도영만 알고 있던 사실이었다.

남궁혁이 단순히 세상 구경을 하러 떠난 줄 알았던 가족들은 놀라면서도 그간 남궁혁에게 있었던 일을 귀 기울여 들었다.

"그렇구나. 그런데 왜 무한에서 바로 오질 않고 하남으로 간 것이냐?"

남궁규원은 가장 궁금하던 점을 물었다. 진련상단의 진소령이 서찰을 보냈기 때문에 모두들 그 사실을 알고 있었다.

참모를 영입하는 것이 외유의 목적이었다면 무한에서 바로 돌아와도 됐을 텐데 왜 몇 달 간 하남에 머물렀는지 모두가 궁금해했다.

특히나 민도영의 경우에는 그 궁금증이 더했다.

그녀와 진소령은 오랜 기간 거래를 함께해 오면서 이제는 자매나 다름없는 사이였다.

그러나 친자매지간에도 한 남자를 두고 분란이 이는 건 생각보다 드물지 않은 일이다.

민도영은 몇 번이나 남궁혁이 하남에서 잘 지내고 있는

지, 왜 그토록 오래 머무는지를 물었지만 진소령은 한 번도 시원스레 대답을 해 준 적이 없었다.

진소령의 입장에서야 남궁혁이 겪은 기이한 일들을 서찰로 쓸 수 없어 그런 것이었지만 민도영의 입장에서는 오해하기 충분한 일이었다.

남궁혁은 잠시 가족들을 둘러보다가 입을 열었다.

"실은, 하남에서 기연을 만나 화경에 도달했어요."

그 말이 가져온 파급은 컸다.

비록 이중에 제대로 된 무림인은 없었지만 남궁장인가 또한 무림과 가까웠기 때문에 모두들 화경이라는 말의 무게를 알고 있었다.

정파와 사파, 마교와 정사지간을 합쳐 백 명이 채 안 되는 지극한 경지.

오랜 역사와 더불어 각종 기재를 긁어모아 어릴 때부터 특수한 교육에 매진시키는 구파일방과 대대로 무골이 태어나는 팔대세가에서도 화경의 고수는 당대에 네다섯 명 정도만 보유한 수준이다.

게다가 남궁혁은 이제 겨우 스물이 넘었을 뿐이다. 현존하는 무인 중 스물 전후에 화경의 경지를 돌파한 이는 열명이 채 되지 않았다.

소림 방장 무극선사와 무당제일검 태현도인이 정파에서

가장 유명했고, 마교의 소교주와 남궁혁이 환귀곡의 진기를 이용해 상대했던 백혈성이 있었다.

특히 정파에서는 젊은 나이에 화경을 돌파한 경우가 극히 드물었다. 아마 이 사실이 세간에 알려진다면 떠들썩하게 난리가 날 것이다.

"세상에. 네가 화경의 경지에 들다니……."

"사부님, 경하드립니다!"

"역시 우리 사부님이셔!"

남궁규원에 이어 진우 진하 남매의 축하가 이어졌다. 어머니와 민도영도 한 마디씩 축하의 말을 건넸다.

이미 하남에 있을 때 대력문의 사람들과 진소령에게 충분히 축하를 받았는데도 가족들에게 받는 축하는 기분이 남달랐다.

지난 생에서 남궁혁은 뛰어난 장인이기는 했지만 언제나 남에게 끌려다녀야 하는 인생이었다.

넉넉지 못한 삶으로 인해 어머니를 보냈고, 그로 인해 아버지와 소원해졌고, 일에 치여 정 붙일 가족을 만들지 못했으며 세파에 휩쓸려 뜻을 세우지 못했다.

그러나 이제 웬만큼 강대한 존재가 아닌 이상, 무슨 일이 있어도 자신의 소중한 사람들을 지킬 수 있다.

그랬기에 가족들로부터 받는 축하가 더욱 뜻깊었다.

남궁혁이 괜히 눈가를 훔치는 사이, 진하가 본래의 발랄한 모습으로 까르르 웃었다.

"옆 동네 장림검문의 소저가 자기네 가주의 실력이 섬서 최고라고 자랑했는데, 다음에 보면 우리 사부님이 섬서 최고라고 해 줘야겠어요!"

그건 진하가 최근 별러 오던 일 중 하나였다.

남궁혁이 자리를 비우고 민도영도 바쁘다 보니, 남궁장인가 주변 문파에 서찰을 보내거나 연락을 취할 때면 남궁혁의 제자 신분인 진우와 진하가 가곤 했다.

장림검문은 이곳에서 그리 멀지 않은 곳에 있는 작은 문파였는데, 세력을 키우지 않을 뿐이지 그 문주의 실력이 상당한 건 유명한 얘기였다.

지난번에 민도영의 서찰을 전하기 위해 장림검문에 갔을 때 그곳 문주의 딸이 기껏해야 대장장이의 문파 아니냐며 사부의 실력을 얕본 것이 무척이나 속상했던 것이다.

진하가 보기에 남궁혁은 장인으로서도 최고지만 무공으로서도 최고였으니까!

그러나 들떠 있는 진하의 기분에 민도영이 찬물을 끼얹었다.

"진 소저. 그건 좋은 생각이 아닌 거 같습니다."

"왜요?"

진하가 그 토끼 같은 눈을 바락 뜨고 민도영을 째려보았다.

처음 진하에게 민도영은 무척이나 닮고 싶은 존재였다.

거리를 전전하며 살아온 소녀가 갖기 어려운 기품과 차분함.

그리고 그 엄청난 일을 해내는 능력까지 존경스럽지 않은 점이 없었다.

그러나 그녀를 연적으로 인식하자 하나하나가 신경이 쓰였다.

언니처럼 따르던 민도영이 아직 어린 진하의 부족함을 집어주고 가르칠 때마다 꼬리를 잡힌 고양이처럼 파르르 떨기 일쑤였다.

물론 민도영은 그런 진하의 반응을 사춘기가 되어 그런 것이려니 하며 어른스럽게 넘기고 있었지만.

남궁장인가의 총관이요 일전에는 황실의 한림원에서 견제와 질시 속에서 살아왔던 민도영은 왜 남궁혁의 경지를 말해선 안 되는지 어린 소녀에게 조곤조곤 설명했다.

"팔대세가와 구파일방, 마교와 사파의 오대문을 제외하면 화경의 고수를 보유하고 있는 문파는 이 큰 중원에서도 고작 일곱 개에 불과합니다. 이들은 전부 대문파의 세력권이 아닌 곳에 자리를 잡고 있지요. 아, 대대로 황실의 금위

군을 배출하는 금룡문을 제외하고 말입니다."

"그게 뭐 어때서요? 남궁장인가가 그중 하나가 되면 되잖아요?"

"진하야. 민 총관의 말을 마저 들어보자꾸나."

남궁규원이 나서 진하를 제지했다. 민도영은 가볍게 목례한 후 말을 이었다.

"우리 남궁장인가는 섬서의 북쪽에 치우쳐 있어서 화산이나 점창의 세력권과는 거리가 멀지만, 그렇다고 안심할 수 있는 거리는 아닙니다. 그들이 마음을 먹는다면 언제든지 영향을 미칠 수 있지요."

이번에는 진우가 손을 들었다. 질문이 있는 듯했다. 민도영이 고개를 끄덕이자 진우가 입을 열었다.

"화산이나 점창이 굳이 저희에게 신경 쓸 이유가 있을까요? 화경이 대단한 경지이긴 하지만 그 정도의 대문파에서 아직 중소문파에 불과한 저희를 견제할 이유가 없잖아요."

"그건 저희가 평범한 중소문파일 경우입니다."

진우와 진하, 그리고 소연화는 동시에 영문을 알 수 없다는 표정을 지었다.

남궁장인가가 평범한 중소문파지, 엄청나게 대단하고 특별한 중소문파란 말인가?

그녀의 말뜻을 이해한 건 남궁혁과 남궁규원뿐이었다.

그중 남궁규원이 침중한 음성으로 입을 열었다.

"본가의 존재가 문제가 되는 거군."

"네. 그렇습니다. 이곳 섬서 북쪽은 어차피 무림 지도 상 빈 둥지 같은 곳이니 화경의 고수가 이끄는 무림세가 하나쯤이야 있어도 별 상관은 없지요. 그러나 남궁세가와 관련이 있는, 그것도 본가가 직접적으로 후원해 주는 방계는 눈엣가시가 될 겁니다."

민도영의 조리 있는 설명에 모두들 고개를 끄덕였다. 남궁장인가의 성장은 남궁세가의 세력권 확장으로 보일 여지가 있었다. 남궁의 성씨를 건 데다가 본가와의 교류도 적극적으로 진행하고 있으니까.

남궁혁과 남궁세가 본가가 그럴 생각이 전혀 없다고 해도 사람 일은 보이는 것이 전부일 때가 있다.

본가와의 교류를 통해 중소문파치고는 남다른 곳임을 널리 알렸지만 언제나 득이 있으면 실이 있기 마련이다.

사실 이 정도야 손해라고 보기도 어려웠다. 그저 좀 조심하는 것뿐이니까.

모두들 이해한 표정을 짓자 남궁혁은 만족스럽게 미소를 지었다.

"제가 할 말을 민 총관이 다 정리를 해 주었네요. 다들 이 일에 대해서는 함구해 주셨으면 좋겠습니다."

"그러나 낭중지추라 했다. 언젠가는 드러날 일이니 모두들 준비를 해 두는 것이 좋을 게야."

"명심하겠습니다, 아버지."

남궁규원이 가주답게 정리를 한 후 가족들은 오랜만의 해후를 좀 더 즐겼다.

＊　　　＊　　　＊

가족들과의 오붓한 한 때를 마친 후, 남궁혁은 느긋하게 세가를 한 바퀴 둘러보았다.

오랜만에 보는 아들을 위해 소연화가 상다리 부러지게 음식을 하는 바람에 배가 빵빵해질 때까지 먹어서 소화를 시켜야 했다.

물론 남궁혁이 부재하는 동안 바뀐 세가의 이모저모를 확인해 보려는 측면도 있었다.

민도영은 남궁혁이 없는 사이 꽤나 많은 변화를 꾀했다.

먼저 세가의 체계를 확립했다. 그간 남궁장인가는 다소 주먹구구식으로 일을 진행해 왔다.

그렇게 해도 충분히 세가의 일이 돌아가기 때문이기도 했지만 민도영이 데려온 인재들이 다들 일당백을 해내는 이들이라 다양한 업무를 한 번에 맡다 보니 이렇다 할 체계를 정하기 어려웠던 탓이다.

그 상태로 계속 빠른 성장세를 지속하다 보니 업무가 겹치고 비효율이 만연하자 민도영이 개혁을 단행했다.

물론 남궁혁이 떠나기 전 민도영과 많은 논의를 거쳤기 때문에 가능한 일이었다.

새로이 정리된 체계는 이랬다.

가장 먼저, 기존의 대장장이들은 가주 남궁규원 아래 공방부라는 명칭을 붙였다.

가장 실력이 뛰어난 남궁혁도 형식상으로는 이에 소속되어 있었다.

남궁혁이 자리를 비우는 일이 많기 때문에 아버지인 남궁규원이 공방부의 수장을 겸했다.

소가주 남궁혁은 기존에 있던 네 개의 무력 단체와 새로이 창설된 기린대를 담당했다.

기린대는 기존의 무력 집단에서 그 실력이 유독 뛰어난 이들을 선별해 남궁장인가의 검으로 다듬고자 만들어진 집단이었다.

대주 양명 이하 오십 명은 실력도 실력이지만 남궁혁을 진심으로 존경하고 따를 수 있는 이들이었다.

총관인 민도영은 그 휘하 세가의 대외적인 거래와 운영을 도맡는 총관부, 금전의 출납과 소작 농토를 관리하는 금호부, 광산에서 채굴되는 광물과 공방에서 필요한 재료의 수급을 전담하는 보급창을 두었다.

기존에 총관이 담당하던 세가원들의 식사나 의복들, 하인들의 관리 등 기존의 안살림은 내원부로 차출하여 가주의 아내인 소연화가 가모로서 총괄을 맡았다.

겉으로 보기에 크게 달라진 부분은 없었지만, 소속이 모호하던 이들이 정리된 것만으로도 남궁장인가는 상당한 효율을 얻었다.

거기에 더해 민도영은 새로이 두 개의 부서를 창설했다. 사실 이번 개편에서 가장 큰 변화는 이 두 부서였다.

바로 정보를 수집하는 지남단과 그 정보를 관리하는 지남각이었다.

대장장이 문파답게 자석, 즉 지남철의 성격을 딴 이름으로 철가루가 자성을 띤 쇠붙이에 달라붙듯 정보를 모으는 조직이라는 뜻이다.

이 두 부서는 개방과 하오문에게만 기대 정보를 얻는 것은 현명한 행동이 아니라는 민도영의 판단에 의해 만들어졌다.

남궁장인가가 섬서 북쪽의 패자로서 자리 잡기 시작했으니 개방과 하오문이 세가를 대하는 태도도 달라질 테다.

기존에는 금전을 제공하면 그만큼 정직하게 정보를 제공

받았다.

그러나 이젠 남궁장인가를 견제하는 세력에 의해 거짓 정보를 받을 수도 있고, 타 문파로 세가에 대한 잘못된 정보가 퍼질지도 모른다.

과거에 이런 일이 있었다.

대문파들의 힘이 미치지 않는 광서지역에 장가장이라는 문파가 있었는데, 장주가 화경을 돌파하여 온 무림의 관심을 한 몸에 받았다.

갑작스럽게 부상한 문파다 보니 주변의 견제가 심했는데 이중에는 점창파의 사주를 받은 천언권가도 있었다.

천언권가는 세력이 미욱해 장가장과 전면으로 시비를 붙을 수준이 되지 못했다.

그러나 그 가주의 머리가 비상해 한 가지 꾀를 냈다. 황실의 주요 인사를 살해하고 그 죄를 장가장에 뒤집어씌운 것이다.

해당 지역의 하오문과 친분이 있었기에 정보를 조작한 그들은 그 살인이 장가장의 잘못이라 흘려 넣었다.

장가장은 억울하다고 항변했지만 그들에게 이렇다 할 증거가 없었기 때문에 받아들여지지 않았다. 그리고 결국엔 멸문지화를 당했다.

황실에도 훌륭한 정보 단체가 있었지만 무림에서 일어난

일은 무림에 묻히는 법.

정보 하면 개방에도 뒤지지 않는 하오문이 작정하고 정보를 조작한 탓에 황실에서도 깜빡 속아 넘어간 것이다.

이처럼 정보는 때로 강력한 무공처럼 엄청난 파급력을 발휘하곤 했다.

때문에 한낱 거지와 점소이, 기생의 문파인 개방과 하오문이 무림의 한 축으로 성장한 것이다.

대 문파들은 이들과 협조적인 관계를 가지는 동시에 두려워하며 각자의 정보 세력을 구축하는 데 열을 올렸다.

남궁세가 본가에도 그 유명한 정보단체인 비천각이 있지 않은가.

정보의 독립이야말로 중소문파가 한 지역의 수좌로 도약하는 필수 과정이라 할 수 있었다.

물론 개방의 경우야 남궁혁과 구 장로의 친분도 있고 그간 쌓아 온 신뢰가 적지 않았지만 독자적인 노선을 준비해 둘 필요는 있었다.

지남단 단주에는 여산허가, 지남각의 각주로는 민도영이 자리를 잡았고 최종 보고자는 남궁혁이 되었다.

이처럼 업무를 세분하다 보니 새로이 건물이 필요해졌다.

기존에 있던 내원은 민도영이 총괄하는 총관부와 금호

부, 보급창이 전부 차지했다.

대신 장원을 개축해 내원 두 개와 외원 세 개, 창고와 공방을 추가로 지었다.

내원 하나는 남궁혁과 가족들이 지내고 다른 하나는 귀빈용 숙소로 사용하기 위함이었다.

외원은 주로 무력 단체와 공방의 장인들에게 돌아갔다.

남궁혁이 지금 돌아보고 있는 곳은 남궁혁의 직속 무력 단체 기린대가 숙식과 수련을 하는 외원인 기린원이었다.

기린원의 드넓은 연무장에서는 살벌한 병장기 소리가 들려왔다. 고개를 빼꼼 내어 살펴보니 부대를 나누어 난전을 벌이고 있었다.

'실전을 위한 수련인가?'

검과 도가 요란한 소리를 내며 부딪치고 어떤 이들은 육탄 공격도 마다하지 않았다.

마치 벌 떼가 서로 엉켜 싸우고 있는 것 같았다.

일부가 팔에 붉은 천을 두르고 있기에 편을 가르고 있는 것을 알았지 그게 아니라면 누가 누구 편인지도 몰랐을 것이다.

남궁장인가의 성격 상 다양한 무공을 지닌 이들이 있다 보니 더욱 그랬다.

남궁혁은 기린대의 수련을 흐뭇하게 바라보았다. 부하

들이 사력을 다해 수련을 하는데 수장 된 자로서 어찌 즐겁지 않을까.

더군다나 보는 재미까지 있어서 남궁혁은 기린대의 실전 수련에서 눈을 떼지 못했다.

내공의 화후가 화경의 경지에 달한 덕인지 그들의 무공이 그림으로 그린 듯 눈에 들어오기 시작했기 때문이다.

특히 기린대의 대부분이 속가 무도원 출신인지라 더욱 그랬다.

속가 무도원의 무공은 이가 빠지거나 이상한 초식이 섞여 있다.

각 파의 핵심이 빠져나갈 것을 염려한 구파일방이 속가제자에게 가르칠 때 한 번 수정을 하고, 그 속가제자들이 무도원을 차려 그 제자들에게 가르칠 때 또 한 번 수정을 가하기 때문이다.

특히 후자가 어느 정도 변형된 무공을 가르치느냐가 관건이었다.

구파일방의 고수들은 몇 초식이 빠져도 그 무공이 적절한 위력과 특징을 보존하도록 신경을 쓰지만, 속가제자들은 그 정도의 무리를 깨우치지 못한 이가 대부분이었다.

그래서 속가제자들이 손을 본 무공은 형편없는 무공으로 전락하기 십상이었다.

이곳 남궁장인가의, 그것도 기린대에 선발될 실력들이라면 제법 괜찮은 무도원 출신들임은 분명했지만 남궁혁이 보기엔 무공 사이사이에 구멍이 숭숭 나 있었다.

남궁혁은 그들의 무공을 세심하게 살피면서 기린원의 안으로 들어갔다.

눈에 보이는 약점들을 짚어 준다면 무사들의 실력이 비약적으로 상승할 테니까.

물론 남궁혁이 해 줄 수 있는 건 약점을 가르쳐 주는 것뿐이다.

화경의 경지에 달한 남궁혁의 눈에 이 빠진 부분이 보이긴 하지만 그들이 익힌 무공이 워낙 제각각이라 정확한 지도는 불가능했다.

그나마 다들 정종무공을 배웠으니 다행이라고 할까.

남궁혁이 들어온 것을 알아차린 양명이 호각을 높게 불었다.

삐이익—!

귀청을 찢는 소리와 함께 기린대의 동작이 일제히 멈췄다.

어지러이 얽혀 있던 대원들은 대주의 시선 끝에서 남궁혁을 발견하고 동시에 그 자리에서 무릎을 꿇었다.

"소가주를 뵙습니다!"

"충!"

오십 명의 무인들이 내지르는 목소리와 무릎을 아끼지 않고 바닥에 꿇는 소리가 공기와 지축을 뒤흔들었다.

좀 전까지 치열한 사투를 벌였던 이들이 보내는 충성의 시선과 자신의 한 마디만을 기다리는 침묵에 남궁혁은 침을 꿀꺽 삼켰다.

이전 생에도 휘하에 장인들을 여럿 거느려 보긴 했지만 이 정도의 규모와 반응은 처음이었다.

게다가 그때는 제 부하들이라고는 해도 무림맹의 보급창에 소속된 신분들이었다.

그러나 이들은 다르다. 처음에는 단순한 호위 무사로 고용되었으나 남궁혁의 뒷모습을 보고 절치부심하여 실력을 가다듬고, 기린대가 됨으로써 온전히 남궁장인가의 사람이 되었다.

성이 다르고 몸에 흐르는 피가 다르나 남궁장인가의 가족이 되기로 한 게다.

그런 이들의 인사를 받으니 감회가 남다를 수밖에.

이전의 삶에선 오로지 잃기만 했다.

어머니를 잃었고 아버지와는 소원했다.

지키지 못할 가족은 만들고 싶지 않았다. 일에 빠져 살았으니 혼인을 해도 돌보지 못할 거 같아 정인도 두지 않은 삶이었다.

이제는 지켜야 할 것이 참으로 많아졌다. 어깨가 무거운 만큼 가슴이 따뜻해졌다.

누군가 자신과 함께하기를 바라고, 그들을 지키기 위해 노력할 수 있다는 사실 때문에.

생각이 뻗어 나가며 목이 살짝 메었다.

남궁혁은 괜히 맑은 하늘을 쳐다보며 눈가를 찍어 눌렀다. 어차피 다들 바닥에 부복하고 있어서 보지도 못하는데.

"다들 일어나요. 새로 지은 곳 구경 좀 하러 온 거니까."

기린대는 다시 일어나 오와 열을 맞추었다. 그동안 대주인 양명이 기강을 잘 잡아 둔 모양이었다.

"대주. 단체 대련이 흥미롭던데, 실전을 대비하고 있는 건가요?"

"예, 소가주. 모두가 공통된 무공을 익힌 게 아니기 때문에 무공의 수련은 개개인의 재량에 맡기고 기린대는 그 각기 다른 재주를 하나의 힘으로 활용하기 위한 쪽으로 훈련하고 있습니다."

남궁혁은 고개를 끄덕였다. 이런 특성 때문에 기린대의 싸움이 마치 난전처럼 보인 것이다.

괜찮은 방법이었다. 일반적인 대문파의 부대는 배운 무

공이 거의 비슷해 단체로 무공을 수련하지만 남궁장인가처럼 다양한 내력을 지닌 이들은 이런 방식이 더욱 잘 맞을 터였다.

유례없는 대장장이 문파의 무인들답게 기린대는 그들만의 방식을 창조하고 있었다.

"계속하세요. 좀 지켜보게."

"예, 알겠습니다."

남궁혁의 말에 대답하는 대주의 음성에는 결연함이 배어 있었다.

대원들의 무공을 좀 더 지켜보려던 남궁혁의 의도를 오해한 탓이었다.

'우리가 과연 소가주를 보필할 만한 실력을 갖췄는지 보시려는 거군.'

양명은 기린대를 돌아보았다. 정렬한 기린대는 대주의 눈빛에서 뭔가를 느꼈는지 침을 꿀꺽 삼키며 병장기를 쥔 손에 힘을 주었다.

"기린대! 처음의 대형으로 돌아간다!"

기합 가득한 양명의 목소리와 함께 정렬해 있던 기린대가 각기 좌우로 스물다섯 명씩 편을 나누어 갈라졌다.

그리고 또 다섯 명씩 조를 나누어 최종적으로 십자의 형태로 늘어섰다. 도열한 좌우의 두 편을 보며 남궁혁이 중얼거렸다.

"무림의 방진이라기보단 군대 편제 같네."

무림에서 다수 대 다수의 전투는 부대의 성격을 띠고 있을지라도 개인과 개인의 싸움으로 귀결되기 마련이다.

부딪치는 부대가 어떠한 진법에 따라 움직인다고 해도 그랬다.

그러나 기린대의 부대 운용 방식은 다섯이 한 조가 되어 철저히 다수를 상대하는 방식을 취하고 있었다.

누가 지시한 건지는 몰라도 남궁혁은 그 모습이 흡족했다.

다른 여타의 문파를 상대한다면 모를까, 남궁혁이 최종적으로 대적할 대상으로 생각하고 있는 마교와의 전투에서는 이런 방식이 옳았으니까.

햇빛에 비친 검광과 도광이 번뜩이고 여기저기서 비도와 암기가 날아다녔다.

기린대의 각 조에는 비도술과 암기를 전문으로 다루는 무인이 하나씩 꼭 섞여 있었다.

다양한 무도원 출신을 받아들인 덕분에 구성할 수 있는 편제였다.

이로 인해 공수의 다양성이 확보되고 쉽게 접하지 못하는 고급 비도술과 암기술에 대한 대응도 익힐 수 있었다.

실전을 방불케 하는 기린대의 수련은 갈수록 치열해졌다.

이전에도 충분히 열심히 수련해 왔지만 오늘은 평소와 달랐다.

그들의 실질적인 주인인 소가주 남궁혁이 처음 기린대의 수련을 관람하고 있는 것이다.

조금이라도 공세를 늦추면 대주 양명의 불같은 눈빛과 마주쳤다.

함께 수련해 온 만큼 대원들은 기린대주가 그 성실성만큼 철두철미한 성격임을 잘 알고 있었다.

오늘 소가주가 기린대의 모습에 실망한다면 그들은 바늘로 찔러도 피 한 방울 안 날 그들의 대주에게 무참히 굴려질 것이다.

악문 잇새로 대원들의 고함 아닌 고함이 울려 퍼지고 싸움은 더욱 격렬해져 갔다.

"음?"

기린대의 목숨을 건 수련 장면을 걱정 반 만족 반으로 지켜보던 남궁혁이 문득 침음을 삼켰다.

그 반응에 양명이 즉각 다가와 물었다.

"소가주. 뭔가 마음에 안 드시는 점이라도……?"

"음…… 일단 잠깐 멈춰 봐요."

남궁혁은 눈살을 찌푸리며 연무장을 노려보았다. 그 모습에 양명은 바짝 긴장한 채 호각을 불었다.

삐이익—!!!

아까보다 한껏 날 선 호각 소리에 모두가 즉시 싸움을 멈추고 그 자리에 부복했다.

양명은 기린대의 오와 열을 맞춘 후 남궁혁의 앞에 가 무릎을 꿇었다.

"기린대에 뭔가 문제가 있다면 말씀해 주십시오. 즉각 교정하겠습니다."

남궁혁은 그런 양명은 아랑곳 않고 계속 주변만 두리번거렸다.

기린대가 서 있는 연무장부터 훤한 하늘, 처마 밑, 풀포기가 피어 있는 작은 정원까지 남궁혁의 시선이 머물렀다.

"영 이상하네……:"

남궁혁의 중얼거림에 양명은 결국 바닥에 머리를 박았다. 쿵! 소리와 함께 양명이 목소리를 높였다.

"역시 저희에게 문제가 있는 것이 분명하군요. 감히 가르침을 부탁드립니다!"

"부탁드립니다!"

이어 기린대 전원이 바닥에 머리를 박으며 쩌렁쩌렁하게 외쳤다.

남궁혁은 그제야 기린대의 행동을 알아차리고 한숨을 쉬었다. 그가 이상하다고 느낀 건 기린대가 아니었으니까.

"그런 얘기가 아니에요. 다들 고개 들어요."

물론 기린대도 약간 이상하기는 했다.

보통 윗사람에게 부족함을 고하며 가르침을 청할 때는 앞으로의 험난한 수련을 생각하며 식은땀을 주룩 흘리지 않던가?

허나 고개를 든 기린대의 얼굴은 대주 양명을 비롯해 이해할 수 없는 기대감으로 반짝이고 있었다.

약간의 긴장감이 서려 있기도 했지만 그 또한 설렘의 범주에 드는 것이니 일반적인 건 분명 아니었다.

아니, 아무리 성장하는 것이 좋아도 그렇지. 남궁혁이 얼마나 힘든 수련을 요구할지 알고 저렇게 초롱초롱 눈을 반짝이는 얼굴들이라니. 정말 이상했다.

남궁혁도 노역과 고생이라면 이골이 나다 못해 삶 그 자체인 인생을 살아오긴 했지만 이들에 비할 바는 아니었다.

그러나 남궁혁이 느낀 이상함은 그런 이상함과는 궤를 달리했다.

"정말 기분이 이상해서 그러는 건데…… 마치 누가 내 뒤통수를 노리는 것처럼 짜릿짜릿한 게."

남궁혁은 이런 기분을 느껴 본 적이 있었다.

처음 섬서를 떠나 등충으로 향할 때, 풍검문에서 보낸 자객들이 물속에서 자신을 기다리던 그때가 그랬다.

그때는 처음 떠난 외유의 설렘이나 긴장 따위인 줄 알았는데 지금 생각해 보면 그 감각은 분명 살의였다. 아주 잘 숨겨진 살의. 문제는 그 살의의 주인이 누구냐는 거였다.

일 년이 채 안 되는 외유 동안 남궁혁은 참 많은 곳을 들쑤시고 다녔다.

일전에 소작료 문제로 마찰을 빚은 풍검문이야 말할 것도 없고, 모용청연의 혼사 문제와 휘말려 사천당가에서 한바탕 소란을 일으켰다.

그뿐이던가. 하남에서는 마교의 이 공자 백혈성과 붙어 그의 어깻죽지를 자르고 대력문의 후계자 두 사람 사이의 오해를 풀어줌으로써 마교의 오랜 계획을 철저히 망가트리기까지 했다.

물론 사천당가의 경우야 다른 일들에 비하면 심한 문제는 아니었지만 당가의 자존심이자 무려 이십 년 넘게 사방 장인의 이름을 지켜 온 백호장을 이긴 것은 충분히 복수를 꾀할 만한 문제였다.

아직까지 남궁혁이 백호장 당허정을 이겼다는 말이 퍼지지 않은 것도 그랬다. 민도영에게 당가에서의 일을 얘기하자 개방과 지남단에서도 들어온 정보가 없다는 말을 전해 주었다.

　당가가 백호장의 명예를 지키기 위해 남궁혁을 손보는 일도 충분히 상상할 수 있는 범주의 일인 셈이다.

　그들은 암기와 독에 있어서는 악랄하기로 유명한 사교도 한 수 접어 줘야 할 정도의 고수들.

　남궁혁 하나 정도는 순식간에 한 줄 핏물로 화하게 만들 수 있었다.

　"분명 뭔가 있는 거 같은데."

　남궁혁이 주변을 두리번거리며 한 걸음을 내딛다가 후다닥 뒤로 물러났다.

　순간 처마 끝에서 반짝이는 뭔가가 남궁혁이 발을 디뎠던 자리로 쏟아져 내렸다.

　거센 낙숫물처럼 한숨에 쏟아져 내린 것은 긴 장대바늘이었다.

　눈에 보이지도 않는 속도로 쏟아진 바늘 수십 개가 돌바닥에 박혀 파르르 떨었다.

　"소가주!"

　"소가주님!"

　기린대는 순식간에 연무장에서 내려와 남궁혁을 둘러쌌다.

　양명이 조심스럽게 침을 뽑아 들어 남궁혁에게 갖다 주

었다.

"천렬침입니다."

끝이 휘어진 모양새 하며 특유의 가느다란 모양과 길이까지.

쏜 살처럼 빠른 속도와 상대를 벌집처럼 만들어 버리는 파괴력을 지닌 천렬침이 틀림없었다.

끝을 잡아 살짝 튕겨 보니 그 재질은 무려 만년한철이었다.

검으로 만들기도 아깝다는 그 엄청난 재료를 천렬침 만드는 데 쓰다니!

이 정도면 초절정의 고수도 순식간에 무력화시킬 수 있는 수준의 암기였다.

남궁혁은 당허정을 떠올리자 입 안이 썼다.

비록 자신이 그의 자존심을 꺾었지만 정정당당한 승부였고, 그 또한 장인이었으니 이런 치사한 수법을 쓸 거라곤 생각하지 못했는데.

만년한철로 만든 천렬침을 쓴 걸 보면 사천당가가 남궁혁을 보내 버리기 위해 제대로 마음을 먹은 듯했다.

"처마 밑을 조사해라!"

양명의 목소리에는 분노가 가득했다.

남궁혁의 직속 무력 부대가 있는 기린원에서 소가주가

공격을 받다니!

이건 기린대 전체의 실책이나 다름없었다.

양명의 지휘에 따라 기린대 몇 명이 처마를 확인하기 시작했다.

두세 명이 동료 대원의 무등을 타고 올라가는 동안 남궁혁은 연무장 위로 올라섰다.

찜찜한 기운은 아직 가시질 않았다. 여전히 사방에서 남궁혁을 노리고 있었다.

고작 이 척 정도의 높이지만 두터운 돌이 깔린 연무장이야말로 기린원을 둘러보기 가장 좋은 곳이었으니까.

그러나 그것이 패착이었다.

어느 한 지점에 발을 딛자마자 남궁혁은 신형을 위로 쏘아야 했다.

척척. 쇠로 된 뭔가가 빠르게 맞물리는 소리와 함께 연무장 바닥의 돌 틈 사이로 섬뜩한 칼날 수백 개가 솟아올랐다.

도검삼림(刀劍森林)의 진이었다.

남궁혁은 공중에서 몇 바퀴 제비를 돌아 땅에 안착했다.

양명을 비롯한 기린대원 전원이 병기를 뽑아 들고 주위를 경계하기 시작했다.

그들은 지금 어처구니가 없었다. 여기가 어딘가. 기린원이었다.

기린대가 하루 종일 먹고 자고 수련을 하는 공간.

오십의 기린대가 생활하는 만큼 그들의 시야를 벗어나는 일은 없었다.

그런 곳에서 소가주가 암기의 공격을 받고, 그들이 매일같이 땀을 흘리던 연무장에서 칼이 솟아났다.

기린대 전원의 손에 긴장으로 인한 땀이 송골송골 솟아났다.

"아니 이게 무슨 귀신이 곡할 노릇이야?!"

숨겨진 공격이 발동할 때마다 몸이 먼저 반응한 덕분에 위기를 모면한 남궁혁이 그제야 짜증을 냈다.

자객에게 목숨을 위협받는 일이야 무림에서 적을 만든 이라면 늘 감수해야 할 일이긴 하지만, 이런 종류의 암기는 달랐다.

이렇게 섬세하게 암기를 설치해 둔다는 건 남궁장인가 내부에 완벽하게 녹아들지 않고서는 불가능했다.

처마 안쪽의 천렬침이야 그렇다 쳐도, 기린원의 연무장 밑에 깔아 둔 도검삼림은 시공부터 개입하지 않으면 만들 수 없는 작품이니까.

'대체 내가 없는 사이에 무슨 일이 있었던 거지?!'

남궁혁의 얼굴이 딱딱하게 굳었다. 어디서 제대로 간자

가 들어온 게 틀림없었다.

"본원으로 갑니다. 민 총관을 만나야겠어요."

남궁혁의 지시에 따라 기린대 전원이 방향을 틀었다. 양명은 남궁혁의 바로 옆에 서서 그를 수행했다.

"아씨! 또야?!"

한 걸음을 내딛자마자 남궁혁이 옆에 있던 양명의 검을 빼앗아 들었다.

반대편에 서 있던 부대주의 검도 마찬가지였다.

쌍검을 쥔 채 돌아선 남궁혁은 그대로 검기를 불어넣었다.

갑작스러운 남궁혁의 행동에 기린대는 뒤를 돌아보았다가 그만 입을 쩌억 벌렸다.

콰과과과광—!!!

벽력같은 소리와 함께 연무장 옆에 서 있던 두 개의 누각이 산사태처럼 무너져 그들에게 쏟아지고 있었다.

무너진 지붕과 파편은 날카로운 암기가 되고, 부러진 기둥은 강한 파괴력과 함께 날아오고 있었다.

단순한 부실 공사가 아니었다. 모든 누각의 파편들은 정확하게 남궁혁을 노리고 날아오고 있었다.

남궁혁의 쌍검에서 푸른 검기가 넘실거리며 흘러나왔다.

공기 중으로 하늘하늘 뿜어져 나온 검사는 촘촘한 장막을 이루며 기린대원들을 보호하기 시작했다.

단순히 무너져 떨어지는 것이라고는 볼 수 없는 속도의 파편들이 남궁혁의 검사를 뚫지 못하고 우수수 부서져 내렸다.

그러나 그것만으로는 이 막대한 양의 파편을 막을 수 없었다.

남궁혁의 우수가 세차게 휘둘러지며 한 편의 검사를 휘둘렀다.

검기의 장막은 마치 하나의 채찍이 된 것처럼 대기를 후려쳤다.

순식간에 폭풍과도 같은 기세를 가진 공기가 무너지는 누각의 파편들을 향해 휘몰아쳤다.

바람의 방향이 바뀌자 파편의 방향도 기울어졌다.

그러나 정중앙에서 밀려오는 위협적인 흙의 파도는 막을 수 없었다.

남궁혁은 검사를 거두고 좌수에 검기를 모았다. 순식간에 삼 장에 가까운 검기가 부채꼴처럼 자라났다.

그리고 일 검!

푸른 검기가 거센 파도처럼 흙더미의 중앙을 가르며 그 기세를 꺾었다.

흙은 두 갈래로 갈라져 기린대의 양옆으로 흩어졌다.

이 모든 것이 찰나에 이루어졌다.

기린대는 지금 대체 무슨 일이 일어난 건지 모르겠다는 얼굴로 서로를 바라보다가, 이내 그들을 구한 주인을 보곤 무릎을 꿇었다.

"소가주!"

"소가주님!"

말로 다 할 수 없는 복잡한 감정이 대원들의 마음속에 물결쳤다.

구명에 대한 감사와 주군에 대한 존경, 소가주의 무력에 대한 경외. 명색이 남궁혁의 친위대임에도 잇따른 습격에서 손도 못 쓰고 소가주의 무위에 기댔을 뿐이라는 부끄러움 등.

기린대가 복잡한 감정으로 차마 얼굴을 들지 못하는 사이 남궁혁은 여태껏 한 번도 보인 적 없는 분노를 담은 채 소리쳤다.

"대체 어떤 새끼야—!!!"

공력이 실린 욕설은 남궁장인가 전체로 퍼져 나갔다.

늘 온화하고 심성이 부드러운 소가주의 거친 발언에 모두가 놀라 기린원으로 뛰어왔다.

그중에는 물론 세가의 총 책임을 맡은 민도영도 있었다.

그녀는 기린원에 들어오자마자 난장판이 된 연무장과 여기저기 널려진 습격의 흔적들을 보고 얼굴이 희게 질렸다.

"소가주."

그러나 무엇보다 그녀를 긴장하게 한 것은 여태껏 한 번도 본 적 없는 남궁혁의 모습이었다.

지금 남궁혁의 반경 일 장 내에는 사람이 없었다. 겉으로만 봐도 그에게서는 분노와 살기가 넘실거렸다. 게다가 서늘하기 그지없는 냉막한 얼굴까지.

그 일 장의 반경에서 맴돌며 눈치만 보고 있던 기린대주가 민도영에게 다가왔다.

"대주, 무슨 일입니까?"

"습격이 있었습니다."

"습격이요?"

양명은 남궁혁이 처음 기린대의 수련을 지켜볼 때부터 얘기를 시작했다.

갑자기 처마에서 천렬침이 쏟아지고 멀쩡하던 연무장에서 칼이 튀어나오고, 마지막으로 누각이 무너진 일까지.

그리고 이 모든 것이 남궁혁을 노리고 벌어진 일이라는 것도.

양명의 말이 이어질수록 민도영의 얼굴이 딱딱하게 굳어갔다.

이 정도면 남궁혁이 저렇게 화를 낼 만도 했다. 그리고 이 모든 일의 책임은 그가 없는 사이 세가를 도맡았던 민도영에게 있었다.

민도영은 마음을 단단히 먹고 남궁혁의 일 장 안으로 들어갔다.

조심스럽게 그 경계 안으로 들어선 순간, 민도영은 숨이 턱 막히는 기의 폭풍 속에서 몸을 바르르 떨었다.

"민 총관! 위험합니다!"

밖에서 양명이 그녀를 불렀지만 민도영은 숨을 고르며 다시 걸음을 내디뎠다.

양명은 당장 그녀를 끌어내야 하나 안절부절못했다.

무공을 익힌 그들도 지금 남궁혁의 기세는 감당하기 어려웠다.

그런데 무공도 익히지 않은 민도영이 저 안으로 들어가다니!

세가 내에서 민도영의 입지를 알고 있는 모두가 조마조마한 얼굴로 그들을 지켜보았다.

폭압적인 기운이 내장을 들쑤시고 머리는 터질 듯이 아팠다.

눈물이 흐를 것 같았지만 민도영은 입술을 깨물며 한 발짝 한 발짝 남궁혁에게 다가갔다.

고작 일 장의 거리가 마치 지평선의 끝처럼 멀게 느껴졌다.

그리고 마침내, 남궁혁의 옆까지 다가온 민도영은 그 자리에서 무릎을 꿇었다.

"죄를 지었습니다. 죽여 주십시오!"

한 여인의 카랑카랑한 목소리에 모두가 놀라 시선을 모았다.

이만한 사태가 벌어졌으니 세가를 책임진 입장에서 응당 청해야 할 벌은 맞았다.

그러나 지금처럼 남궁혁이 분노한 상황에서 함부로 뱉을 말은 아니었다.

제 사람을 아끼고 온후한 성정을 가진 소가주라지만 지금은 어떤 처결을 내릴지 짐작조차 할 수 없었다.

매서운 눈빛으로 무너진 누각을 바라보고 있던 남궁혁이 천천히 고개를 돌렸다.

모두가 침을 꼴깍 삼키며 두 사람을 지켜보았다.

남궁혁은 온기 없는 눈으로 오체투지한 민도영을 내려다보다가 입을 열었다.

"일어나세요, 민 총관."

그 목소리에 전과 같은 다정함이 없다는 것은 누가 들어도 확실했다.

그래도 이 상황에서 그 정도로 멈춘 게 어디랴. 민도영은 자리를 털고 일어났다. 남궁혁은 그녀의 입술에 밴 핏자국을 보곤 살기를 거뒀다.

"기린원에 설치된 암기를 전부 살피고, 세가 내 다른 곳도 전부 살피세요. 벌은 그다음에 얘기합시다."

남궁혁은 그렇게 말하고 싸늘한 바람을 일으키며 기린원을 빠져나갔다.

민도영은 안도의 한숨을 내쉬었다. 지금의 일은 단순히 그들 간의 친분으로 유야무야 넘어갈 수 있는 일이 아니었다.

남궁혁을 배웅하고 일어선 민도영은 곧 서릿발 같은 얼굴로 무인들을 지휘하기 시작했다.

"기린대는 지금 당장 세가를 봉쇄합니다. 아무도 나가지 못하게 막으세요. 지남단은 이곳에 설치됐던 암기의 종류를 파악하고, 지남각은 지난 몇 달간 세가를 오갔던 인명의 목록을 전부 작성하세요. 당장!"

사전에 일을 막지 못한 것은 이미 지난 일이었지만, 배후를 캐내지 못한다면 차라리 혀를 깨물리라.

가냘프나 늘 강단 있는 총관의 기광 어린 눈빛에 모두들 엄숙한 얼굴로 기린원 여기저기를 뒤지기 시작했다.

민도영의 조사를 통해 나온 것들은 그리 신통치 않았다.

때문에 남궁혁은 민도영이 또다시 차라리 죽음을 달라며 머리를 박는 것을 한참 동안 말려야 했다.

화가 난 것은 사실이었지만 일이 해결도 되지 않았는데 민도영에게 벌을 내리는 것은 현명치 못한 처사라는 것을 잘 알고 있었으니까.

"그러니까 당가의 소행이 아니란 건 확실한 거죠?"

민도영을 겨우 달래 앉힌 후에야 남궁혁은 상세한 보고를 들을 수 있었다.

그래도 그녀의 조사가 아주 부족한 것은 아니었는데, 가장 큰 수확은 당가의 소행이 아니라는 것을 밝혀냈다는 점이었다.

"당가의 천렬침이라면 응당 독이 묻어 있어야 하는데, 확인해 본 결과 처마 밑에 설치된 침에는 아무런 독도 묻어 있지 않았습니다."

"만년한철로 된 침에 독까지 발랐으면 스치기만 해도 즉사였을 텐데."

"그렇습니다. 소가주께서 화경의 경지에 오르셨지만 당가는 이미 과거에 마교가 보유한 현경의 고수를 독으로 상대한 전적이 있으니까요."

남궁혁은 돌바닥을 뚫었던 천렬침 하나를 손에 들고 이

리저리 훑어보았다.

사실 천렬침 자체야 흔한 암기다 보니 꼭 당가의 소행이라고 할 수는 없었다.

물론 만년한철로 다듬은 천렬침이라면 대상을 좁힐 순 있다.

안 그래도 비싼 천렬침인데 그 재료까지 어마어마하다. 이만한 걸 수 개나 동원할 수 있는 문파는 손에 꼽는다.

"그리고 무엇보다 수상한 건 세 개의 암진이 일종의 진법에 따라 설치되어 있다는 겁니다."

"진법이요?"

민도영이 고개를 끄덕였다. 과거 한림원에 있을 때 호기심에 진법에 대한 책을 접한 덕분에 그녀는 이에 대해 약간의 지식이 있었다.

"네. 많이 단순화되어 있지만 과거 기마대를 상대하기 위해 만들어진 토렵진(兎獵陳)인 것 같습니다."

"자세히 얘기해 보세요."

"토렵진은 그 이름처럼 토끼몰이를 위한 진입니다. 처음 사냥감을 놀라게 해 안전한 지점, 즉 토끼굴로 몰아세운 후 도망치지 못하게 주변을 감싼 다음 굴 자체를 무너트려 질식시키는 수법이지요."

어쩌면 이를 통해 범인을 잡을 실마리를 찾을지도 몰랐

다. 남궁혁은 민도영의 말을 경청했다.

"처음에 설치된 천렬침은 처마 밑에 배치되어 아래로 떨어지게 되어 있었지요. 마치 낙숫물처럼 말이죠. 일반적인 천렬침이 화살처럼 허공을 가르는 것과는 상이한 배치입니다."

"생각해 보니 그러네요. 가속도가 좀 붙을지 몰라도 범위가 너무 짧아서 천렬침을 설치할 만한 장소가 아닌데."

"소가주께선 천렬침을 피해 주변을 살필 수 있는 연무장 위로 올라가셨죠. 그 동선부터가 이미 진법 상 계획된 동선이었습니다. 이어 도검삼림을 통해 소가주의 발을 묶으려 했고, 물론 범인의 의도는 실패했습니다만. 최종적으로 누각이 무너지는 자리로 몰고 가는 데는 성공했지요."

민도영의 말대로라면 상대는 진법에도 능통한 것이 틀림없었다.

토렵진은 그리 어려운 진이 아니었지만 남궁혁의 반응까지 예상해 암기의 방향 등을 절묘하게 배치하는 것은 결코 쉬운 일이 아니었다.

중소문파의 한 해 예산과 맞먹을 만한 가격의 암기. 뛰어난 진법과 기관 진식.

이 증거들이 가리키는 바는 명확했다.

"……제갈세가?"

남궁혁이 반신반의하는 어투로 답을 내놓았다.

물론 제갈세가도 가능성이 있었다. 남궁혁이 죽는다면 그들은 제갈화영을 보내지 않아도 되니까.

그러나 제갈화영이 그걸 좌시했을까?

이상한 점은 또 있었다.

"진짜 나를 죽이고 싶어서 그런 거라면 너무 허술한데."

그래. 허술했다. 민도영의 눈을 가리고 이 정도의 암기와 기관을 설치할 정도라면 사실 기린원이 아니라 남궁혁의 처소에 설치해도 되는 일이었다. 그곳은 몇 달간 텅 비어 있었으니까.

그러나 암기는 기린원에 설치되어 있었고, 그 위력도 분명 무시 못 할 수준이긴 했으나 남궁혁의 실력을 생각했을 때 죽음으로 몰기엔 다소 부족함이 있었다.

"마치 누굴 시험하려는 것처럼 말이지……."

그렇게 생각하니 더욱 기분이 나빴다. 차라리 남궁혁을 죽일 목적으로 남궁장인가에 침투했다면 이해가 가는데, 고작 시험을 하기 위해서 침입했다고?

남궁혁은 이를 빠득 갈았다. 어떤 놈인지 걸리기만 해봐라.

"소가주. 정말 짚히는 부분이 없으십니까?"

민도영이 조심스레 물었다. 남궁혁은 민도영이 조사를

하는 동안 세가 전체를 쑤시고 다녔다.

화경에 접어든 남궁혁이니 만큼 세가 내에 있는 이질적인 존재의 기운을 느낄 수 있지 않을까 싶어서였다.

"전혀요. 분명 기회를 엿보고 있을 거 같긴 한데."

민도영이 조사를 하는 동안 남궁혁은 또다시 크고 작은 암습을 받았다.

이번에도 여기저기 설치된 암기와 기관 진식의 습격이었다.

다행히 기린원에서처럼 누각이 무너지는 등 타인의 눈에 띌 만한 일은 아니라 남궁혁이 함구했기에 민도영도 모르고 있었다.

지금도 저렇게 자책하는데 습격이 더 있었단 얘기를 했다간 목이라도 맬까 봐 걱정됐으니까.

하여간 계속해서 남궁혁을 노리고 시험하는 암기가 남아 있는 걸 보면 범인은 남궁장인가 근처, 아니 남궁장인가 내에 있는 게 분명했다.

"화경인 내 감각에도 걸려들지 않는 거 보면 나보다 더 높은 경지의 고수여야 하는데, 그런 고수면 차라리 자기가 직접 나서지 암기 같은 걸 쓰진 않을 테고."

"소가주의 추측대로 흉수가 제갈세가라면, 남궁장인가 내에 심처를 만들어 놓고 숨어 있을 가능성도 있지 않을까요?"

"타당한 추리예요. 진법을 잘 활용한다면 고수의 감각을 피할 수 있는 공간을 만들 수 있을지도 모르죠."

남궁혁도 그런 가능성을 생각해 보지 않은 건 아니었다.

그러나 무턱대고 찾아보기에는 남궁장인가의 규모가 너무 컸다. 최근 많은 개축을 진행한 탓이었다.

게다가 상대가 제갈세가의 사람이라면 웬만한 전문가를 불러서는 비밀 공간의 흔적도 찾지 못할 게 분명했다.

그러다가 흉수가 눈치채고 도망갈 수도 있는 거고.

가장 좋은 건 확실하게 비밀 공간을 찾아내 생포하는 거였다.

남궁혁은 탁자를 손가락으로 톡톡 두드리며 고민에 빠졌다.

대체 놈이 어디에 숨어 있는 걸까?

일단 기존에 있던 내원은 제외했다. 아무리 제갈세가라고 해도 이미 있는 건물에 비밀 공간을 파진 않았을 테니까.

그러기엔 너무 눈에 띄었다. 최소 한 사람이 머물 공간을 비밀리에 만드는 데도 필요한 자재가 엄청나니까.

그렇다면 새로 지은 내원 두 개와 외원 세 개, 창고와 공방이다.

"뭔가 추측할 만한 단서가 더 있으면 좋을 텐데요. 뭐 생각나는 거 없어요, 민 총관?"

남궁혁은 세가의 조감도를 내려다보면서 내원에 붉은 십자 표시를 긋고 물었다. 민도영이 다가와 두 곳을 짚었다.

"우선 창고와 공방은 제외하는 것이 좋겠습니다. 창고는 비밀 공간을 만들기에는 그 구조가 너무 단순하고, 공방은 아시다시피 하루 십이 시진 내내 사람이 머물고 있으니까요. 비밀 공간을 낸다고 해도 지열이 엄청나 사람이 오래 있을 곳이 못 됩니다."

민도영의 말이 타당했기에 남궁혁은 공방과 창고 위에 붓으로 크게 십자를 그었다.

남은 것은 내원 두 개와 외원 세 개. 나름 좁혀 오긴 했지만 여전히 후보가 많았다.

붓을 내려놓고 조감도를 뚫어져라 바라보던 남궁혁이 문득 입을 열었다.

"제갈 소저가 그러더라구요. 나는 너무 의심을 모른다고."

뜬금없는 말에 민도영은 어찌 대답할지를 고민하다가 부복했다.

"소가주의 그런 정직함이야말로 이 민도영이 소가주를 따르는 이유입니다. 너무 속상해하지 마십시오."

실제로도 민도영은 그런 남궁혁의 성정이 좋았다. 그러나 한 단체를 이끌다 보면 정직함만으로 해결되지 않는 일들이 있다.

자세한 맥락은 알 수 없으나 뛰어난 책사로 유명한 제갈화영이 남궁혁의 그런 부분을 지적한 듯했다. 민도영의 염려에 남궁혁이 빙긋 웃었다.

"나도 그런 내가 싫지 않아요. 그러나 지금은 의심이 필요한 때예요. 제갈 소저가 있다면 좋겠지만 없으니까 내가 해야죠. 민 총관을 이 이상 바쁘게 할 순 없으니까."

그 말에 민도영은 더욱 고개를 숙였다. 자신의 부족함이 이 사태를 불러왔다고 생각하니 더욱 자책감이 몰려왔다.

"어찌 됐든 이 흉수를 잡는 건 현재 가장 급박한 문제예요. 무슨 수를 써서라도 잡을 겁니다. 그러려면 놈의 생각을 알아야 해요."

남궁혁은 턱을 괸 채 생각에 잠겼다.

상대는 아마도 제갈세가의 사람이다. 그가 원하는 것은 남궁혁의 목숨이 아니라 그의 실력을 판단하는 것.

그러니 남궁혁을 지켜보기 용이한 곳에 있으면서 동시에 숨기도 좋고 세가 내 이동도 편한 곳이어야 했다.

그러면서도 분명 의표를 찌르는 곳에 숨어 있을 것이다. 누구도 이곳에 숨어 있을 거라곤 생각하지 못하는 곳.

"민 총관은 소중히 여기는 물건이 있나요?"

"네?"

"만약 그런 게 있는데 누군가에게 들켜선 안 되는 물건이라면 어디에 숨기겠어요?"

남궁혁의 갑작스러운 질문에 민도영은 그녀가 가장 소중히 간직하고 있는 물건을 떠올렸다.

바로 남궁혁이 외유하는 동안 민도영에게 보냈던 편지였다.

물론 사적인 내용은 없고 세가에 대한 얘기나 남궁혁이 어딜 지나가고 있는지에 대한 얘기가 주였지만, 민도영은 이것들을 따로 모아 보관하고 있었다.

원래대로라면 총관부에서 관리해야 하는 서류이니 사적으로 챙겼다는 걸 들켜선 안 되었다.

특히나 편지를 보낸 당사자인 남궁혁에게라면 더더욱.

이 편지를 남궁혁에게 들키지 않으려면 어떻게 해야 할까?

민도영은 고심하다가 박수를 따악 쳤다. 뭔가 깨달았다는 얼굴이었다.

"민 총관?"

"방석 밑입니다!"

"방석 밑이요?"

뜬금없는 민도영의 말에 남궁혁이 반문했다. 그러나 민도영은 확신에 찬 얼굴로 답했다.

"흉수가 어디 숨어 있는지 알 것 같습니다."

＊　　　＊　　　＊

그날 밤.

남궁혁은 무공서를 읽다가 자리에서 일어나 밖으로 나왔다.

삭월(朔月)의 밤이라 주변은 온통 검었다. 야행을 다니기엔 더없이 좋은 밤이었다.

남궁혁은 느긋하게 신형을 하늘로 쏘아 지붕 위로 날았다.

처소의 지붕 위에 안착한 그는 마치 산보라도 나온 듯 유유히 몸을 날려 전각 사이사이를 뛰어다녔다.

그리고 마침내 도착한 곳은 남궁장인가에서 가장 높은 오 층의 건물 꼭대기였다.

장원 정중앙에 위치해 주변이 훤히 눈에 들어오는 이곳은 세가에서 일어나는 모든 일을 살피기에 좋았다.

새로 지은 건물인 동시에 다양한 비밀 통로를 구축하느라 전각 내부가 복잡하게 설계되어 있어 남궁혁조차 그 통로를 아직 다 파악 못 할 정도로 비밀스러운 건물이기도 했다.

왜냐하면 이곳이 남궁장인가의 정보 부서, 지남각이 있는 곳이기 때문이다.

남궁혁은 지남각의 지붕에서 누군가를 기다리듯 자리에 털썩 주저앉았다.

잠시 후, 얼마 떨어지지 않은 곳에서 지붕이 들썩거리더니 한 명의 작은 인영이 불쑥 튀어나왔다.

그는 주변을 두리번거리다가 남궁혁을 발견하고 그 자리에서 굳었다.

그러나 도망치지는 않았다. 이미 이 주변이 남궁혁의 사정권 안에 들어와 있다는 것을 감지한 것이다.

달도 없는 어둠 속. 지남각의 지붕에서 나온 남자는 남궁혁과 조용히 시선을 마주치다가 입을 열었다.

"내가 여기 있는지 어떻게 알았어? 절대 눈치 못 챌 거라고 생각했는데."

목소리가 무척 어렸다. 열두 살? 열세 살? 진우와 진하보다 어리게 들리는 목소리였다.

남궁혁은 어둠을 뚫고 소년의 얼굴을 살폈다. 그 흔한 가리개 하나 없는 것이 당당하기 짝이 없었다.

그리고 무엇보다 낯이 익었다. 소년을 일전에 본 적 있어서가 아니라 남궁혁이 아는 누군가를 닮아서였다.

"우리 세가에 엄청나게 똑똑한 총관이 하나 있거든. 네 누나와 필적할 만큼 현명하지."

남궁혁은 씩 웃으며 자리를 털고 일어났다.

"일단 떡이라도 하나 먹으면서 얘기할래? 우리 총관이 만든 건데 꽤 먹을 만하거든."

"어디서 애 대하듯이 구는 거냐! 대문파의 후계자를 대하는 예를 갖춰라!"

소년은 맹랑하게 쏘아붙였다. 그럼 애를 애처럼 대하지 어떻게 대한담. 남궁혁은 턱을 긁으며 고심했다.

"그러면 차근차근 얘기를 해 볼까요, 제갈화천 소협?"

그 말이 떨어지기가 무섭게 제갈화천의 신형이 남궁혁을 향해 쏘아졌다.

정체가 다 드러난 마당에 가만히 있는 것은 의미가 없었다. 선공을 취하는 것이 옳았다.

제갈화천은 남궁혁의 무공에 대해서 상당한 조사를 거치고 온 상태였다.

그가 방계 출신임에도 불구하고 남궁현암으로부터 대연군림검을 전수받았고, 초절정을 상회하는 내공을 지녔다는 사실도 이미 알고 있었다.

남궁혁의 코앞까지 다가온 제갈화천이 등에서 쌍검을 뽑

아 들었다.

흥부를 겨냥한 발검이었다. 그 속도가 마치 벌의 날갯짓만큼이나 빨라 눈으로는 따라가기 어려울 정도였다. 어린 나이에 제갈세가의 쾌검을 극성으로 익힌 게 분명했다.

그러나 그 빠른 속도도 동급의 실력자를 상대로 할 때의 얘기였다.

남궁혁은 가볍게 한 발을 디뎌 공중으로 날아오르며 손에 들고 있던 찹쌀떡을 허공으로 날려 보냈다.

그리고 동시에 제갈화천의 쌍검이 십자를 이루는 순간 그 중심점을 발바닥으로 찍어 눌렀다.

상당한 공력이 실린 각법에 제갈화천은 속수무책으로 뒷걸음질 쳤다.

어린 나이가 무공에 있어서 불리한 점이 있다면 바로 이런 것이다.

내공이나 무공 실력으로는 보완할 수 없는 신체적인 한계가 그것이었다.

성인 남성의 무게였다면 이렇게까지 쉽게 밀려나지 않았을 것이다.

"크윽!"

제갈화천은 후다닥 뒤로 물러나며 전각 지붕의 기와를 세게 밟았다.

덜컥! 뭔가가 맞물리는 소리와 함께 기와가 비늘처럼 우르르 일어났다.

그리고 그 안에서 정교하게 설계된 기관진식이 드러났다.

제갈화천은 회심의 미소를 지었다. 처음 부딪침에서 그는 남궁혁의 실력이 자신이 파악한 것보다 뛰어남을 느꼈다.

그러나 제갈세가는 본신의 실력이 부족하다고 해서 싸움을 진다고 생각지 않았다.

제갈화천은 승리를 꼭 검으로만 얻으라는 법은 없다는 사실을 배우며 자랐다.

제갈화천은 필요 이상으로 많이 물러났다. 바로 기관을 발동시키기 위해서였다.

반경 한 장 이내의 적에게 쉴 새 없이 공격을 쏟아 부어 한 번 빠지면 결코 성한 시체로도 나갈 수 없다는 의충연옥진(蟻蟲煉獄陳).

제갈화영이 십이 세 때 고안하여 전설의 마두 계혈속을 참살하는 데 큰 공을 세웠던 그 절진이 남궁장인가의 지남각 꼭대기에서 펼쳐졌다.

남궁혁은 제갈화천이 진을 발동시키는 모습을 보면서도 태연하게 그 모습을 구경만 하고 있었다.

대체 무슨 생각이지? 제갈화천은 눈살을 찌푸렸다. 그러나 그 여유도 얼마 가지 못할 것이다!

마지막으로 의충연옥진에 진기를 불어넣자 톱니와 기관으로 이루어진 진이 무서운 속도를 내며 돌아가기 시작했다.

그러나 공격은 없었다.

"어, 어라?!"

제갈화천은 당황하며 몇 번이고 의충연옥진에 진기를 불어넣었다.

이 진은 단순한 기관으로 만들어진 것이 아니라 진기를 통함으로써 몇 배나 더 큰 위력을 발휘하도록 만들어진 개량판이었다.

단순히 톱니바퀴 몇 개 고장 난 것으로 움직이지 않을 진이 아니었다.

그러나 온갖 도검과 암기를 준비해 둔 기관진식은 어째서인지 꼼짝도 못 하고 버벅거리고 있었다.

제갈화천은 문제를 찾으려 분주했다. 남궁혁은 그 모습을 어린아이 장난 구경하듯 귀를 후비며 구경하고 있었다.

"……이건?!"

소년은 마침내 자신의 진법이 제대로 돌아가지 않는 이유를 찾아냈다.

기관의 가장 중점이 되는 부분 여러 곳에 끈적거리는 떡들이 척하니 들러붙어 있었다.

아까 남궁혁이 제갈화천의 공격을 막으려 뛰어올랐을 때 내던진 떡이 분명했다.

점착성이 뛰어난 떡이 기관의 톱니에 박혀 버리니, 기관이 돌아가면서 사이사이 떡이 끼어 돌아가지 않은 것이다.

연쇄적인 공격이 파괴력의 주를 이루는 의충연옥진에게는 가장 효과적인 수라 할 수 있었다.

단순히 손에 든 것이 거슬려 던져 버린 줄 알았더니. 제갈화천이 이를 갈며 쌍검을 다시 바로잡았다.

"대체 어떻게 내 기관진식을 파훼했지?"

"네가 제갈세가의 사람이라는 데에서 착안했지."

남궁혁은 여전히 산보라도 온 사람처럼 가벼이 뒷짐을 지고 천천히 제갈화천에게 다가왔다. 어차피 제갈화천의 무위로는 남궁혁의 털끝 하나도 다치게 할 수 없었다.

마음 같아서는 당장 때려눕히고 몇 대 패고 시작하고 싶지만, 생각보다 상대가 너무 어린 데다가 곧 합류할 제갈화영의 친동생이라는 점 때문에 꾹꾹 눌러 참고 있었다.

"제갈세가의 기관은 언제나 상리에 맞게 구성되어 있지. 기관 하나를 설치해도 구궁의 법칙을 따르니, 어떤 식으로 배치되어 있는 지만 알면 어딜 막아야 하는지는 빤히 보이니 어렵지 않더군.”

남궁혁의 말을 들으며 제갈화천이 이를 빠드득 갈았다.

소년의 완벽한 패배였다.

기관진식은 원래 눈에 드러나지 않게 설계를 해야 한다. 그러나 몰래 작업을 진행하다 보니 세심하게 신경 쓰기 어려웠다.

게다가 설마 누가 의충연옥진의 오의를 알아보겠나 싶어 주요 부분을 가리는 작업을 하지 않는 실수를 저지른 것이다.

“자, 그러면 이제 내 집에서 이런 황당한 일을 벌인 이유를 좀 들어 봐도 될까?”

“들어서 뭐하게?”

“그 이유에 따라서 너를 어떻게 대접할지 결정할 테니까. 납득이 된다면 제갈세가의 손님으로서 대우할 수도 있지만, 그게 아니라면—”

말꼬리를 흐리며 자신을 흘겨보는 남궁혁의 시선에 제갈화천은 온몸을 부르르 떨었다.

남궁혁이 순간적으로 화경의 기세를 내뿜은 것이다.

집안 어른들에게서나 느낄 수 있었던 범의 기세에 제갈화천이 든 쌍검의 끝이 파들거렸다.

제갈화천은 이를 악물었다. 우습게만 봤던 남궁혁이란

놈이 이 정도의 실력자였을 줄이야.

처음 그가 남궁장인가에 온 것은 제갈화영이 선택한 남자가 어떤 놈인지 직접 눈으로 확인하기 위해서였다.

어린 제갈화천에게 누님은 하늘과 같은 존재였다.

누님의 지략은 세가 내 그 어떤 어른보다 뛰어났고, 그만큼 사람을 보는 눈과 현명함도 대단했다.

그런 누님이 화영방을 풀었단 이유 하나로 듣도 보도 못한 놈을 따라가겠다고 했을 때, 제갈화천은 그대로 짐을 싸서 세가를 뛰쳐나왔다.

누님을 모셔 갈 만한 놈인지 아닌지 직접 확인한다는 것은 핑계였고, 사실 그 울분을 풀기 위해 도망쳐 나온 거나 다름없었다.

그런데 정작 섬서에 도착해 보니 자신보다 먼저 무한을 떠난 남궁혁은 도착하지 않은 채였다.

남궁혁을 기다릴 겸 겸사겸사 남궁장인가를 훑어보는데, 이 세가가 제갈화천의 눈에는 너무 허술해 보였다.

대장장이의 세가라고 하니 제갈화천이 들락날락거리는 걸 눈치챌 만한 고수가 없다는 건 그렇다 쳤다.

나이는 어리지만 제갈세가의 후계자답게 벌모세수와 각종 영약을 통해 그 어린 나이에 절정의 경지를 이룩한 그였으니까.

그래도 나름 이 정도 규모의 문파를 만들었으면 침입자를 막기 위해 어느 정도의 기관진식은 마련해 둬야 하는 거 아닌가?

몰래 잠입한 자신을 막아서는 암기 하나 만나지 못한 제갈화천은 장난기가 돌았다. 일종의 화풀이기도 했다.

'누님을 모셔 갈 남자가 이 정도 기관진식도 파훼하지 못하면 말이 안 되지!'

그런 생각으로 한창 공사 중이던 남궁장인가에 암기를 설치하고, 남궁혁이 돌아올 때를 기다리며 이곳 지남각에 은신처를 만들어 둔 것이다.

"자, 명문정파의 후계자답게. 왜 그랬는지 말해 주실까?"

남궁혁은 이제 코앞까지 다가와 있었다. 그는 손가락 하나로 바들바들 떨리고 있는 쌍검의 교차점을 내리눌렀다.

제갈화천이 손에 힘을 주었지만 검 끝은 속절없이 떨어졌다.

그와 동시에 제갈화천은 자리에 털썩 주저앉아 울기 시작했다.

"누, 누님은 내가 성인이 될 때까지 함께해 주실 거라고 했는데…… 네놈 때문에…… 흑…….."

"그런 거였어? 난 또 뭐라고. 오행신공을 내놓으라고 온 줄 알았잖아."

울먹거리며 눈가를 훔치는 소년을 보자 남궁혁은 맥이 빠졌다.

이제 보니 영락없는 누님 바라기가 아닌가. 하긴, 진우보다 어린 녀석이기도 하고.

남궁혁은 머쓱하게 뒷머리를 긁었다. 처음에는 머리끝까지 화가 났는데, 몸도 마음도 어린 녀석을 두들겨 패자니 영 마음이 좋지 않았다.

정작 한 대도 안 때렸는데 질질 짜고 있는 걸 보니 왠지 자기가 잘못한 거 같기도 하고.

"흑…… 훌쩍…… 뭐, 오행신공?!"

눈시울을 붉힌 채 눈가를 훔치고 있던 제갈화천이 남궁혁의 말에 고개를 들었다.

설마 저 녀석, 자신이 오행신공을 가져간지도 모르고 있던 건가?

괜한 말실수를 했다는 생각에 남궁혁의 얼굴이 거무죽죽해졌다.

"네 녀석이 어떻게 오행신공을…… 그랬군, 누님이 네 놈에게 오행신공을 주신 건가. 그렇다면 그 성취가 이해되는군."

제갈화천은 혼자서 궁시렁거렸다.

진우보다도 어린 꼬맹이한테 계속 하대를 듣자니 별로

기분이 좋진 않아서, 남궁혁은 쓱 다가가 제갈화천의 밤톨만 한 머리를 한 대 쥐어박았다.

"아악! 아파!"

"얌마. 내가 너희 누님하고 동갑인데 계속 네놈, 네놈할 거야?"

"흥, 내 맘이다!"

"너, 나중에 제갈 소저가 오면 네가 그렇게 예의 없이 굴었다는 거 다 말할 거다."

그 말이 즉효였다.

제갈화영한테 이 건방진 태도를 고한다는 얘기를 듣자마자 제갈화천이 눈을 부릅떴다.

"누, 누님에게 한 마디라도 했다간—!"

"했다간, 뭐?"

남궁혁은 지지 않고 쏘아봐 주었다. 지금 누가 봐도 주도권은 남궁혁에게 있었다.

제갈화영의 체면을 생각해서 봐주는 거에 불과했으니까.

제갈화천은 강아지처럼 낑낑대다가 결국 꼬리를 내렸다.

"누님에게는…… 제발 말하지 말아 주세요, 남궁 소협."

"좋아. 그만 일어나시죠, 제갈 공자."

남궁혁도 제갈세가의 후계자에 맞는 대접을 하기 시작했다.

"만약 공자께서 설치한 암기가 우리 식구들을 다치게 했다면 가만 안 뒀을 텐데, 오로지 나를 시험하기 위해서만 발동시킨 거라 좋게 넘어가는 겁니다."

제갈화천에게 아무런 위해를 가하지 않은 까닭은 이 때문이기도 했다.

분명 기린원에 있는 기관진식은 사람들이 많이 오가는 장소에 설치되어 있었다.

그런데 오로지 남궁혁에게만 반응했다. 이전의 삶에도 들어 본 적 없는 놀라운 방식이었다.

"대체 어떻게 한 겁니까?"

"흥, 제갈세가의 비술인 그 방법을 내가 순순히 알려 줄 것 같습니까?"

아까보다 말투는 좀 고분고분해졌지만 여전히 파르르하는 것이 어린 소년이었다.

"뭐, 싫으면 마시고요."

남궁혁은 어깨를 으쓱였다. 사실 남궁혁은 그에게 알아내야 할 것이 많았다.

어떻게 화경이 도달한 자신의 눈을 피해 지남각 안에 숨어 있었는지도 궁금했다.

그러나 상대는 제갈세가의 차기 가주. 꼬맹이에 불과하지만 웬만큼 잔머리를 굴릴 줄 아는 녀석이다.

다행스럽게도 남궁혁에게는 협상할 만한 패가 있었다.

아까 오행신공에 대한 얘기를 꺼냈을 때부터 제갈화천이 유독 그에 대해 흥미를 느끼는 것 같아 보였으니까.

"그나저나 남궁 소협이 받은 오행신공…… 그건 대체 어떻게 대성한 겁니까?"

제갈화천은 어린애답게 호기심을 못 이기고 아직 던지지도 않은 미끼를 물었다.

남궁혁은 어슬렁어슬렁 엉망이 된 의충연옥진을 둘러보며 시간을 끌다가 입을 열었다.

"어떻게긴요. 무공서가 있고 구결을 해독할 수 있는 능력이 있으니 익힌 것뿐인데요."

"그치만 그 오행신공의 무공서는 중대한 결점이 있어요. 그 부분을 보완하지 않는다면 진기를 모으기는커녕 육체를 이루는 오행이 흩어져 몸이 산산이 부서질 텐데?"

아하, 남궁혁은 제갈화천이 무슨 말을 하는지 깨달았다.

사실 처음 오행신공의 무공서를 봤을 때 뭔가 이상한 부분이 있긴 했다.

축기를 하는 구결 속에 해기(解氣)의 구결이 숨겨져 있던 것이다.

오행신궁에서 신공이 외부로 흘러 나갈 경우를 대비해 만들어 둔 함정이 틀림없었다.

남궁혁은 그 사실을 오행신공을 암기하는 과정에서 깨달았다.

물론 단순히 이상하다 싶어서 눈치를 챈 건 아니었다. 그리고 이상함을 아는 것만으로는 올바른 구결을 추출해 낼 수 없었다.

그때 도움을 준 것이 바로 제갈강렬의 의서였다.

과거 어머니의 목숨을 구원할 때 큰 도움이 되었던 천기(天機) 제갈강렬이 서술한 의서는 그 뒷부분에 음양오행의 흐름에 대한 자신의 견해를 세세하게 풀어 써 두었다.

당시에 외었던 지식을 기반으로 남궁혁은 오행신공에 숨겨진 함정을 파헤치고 온전한 구결을 외울 수 있었던 것이다.

이 얘기를 들려주자 제갈화천은 그 어린아이다운 눈을 반짝반짝 빛내며 흥미를 보였다.

"소협께 진정 종조부의 의서가 있단 말입니까?"

이제는 말투뿐 아니라 그 안에 깃든 태도까지 공손해졌다. 똑똑해도 어쩔 수 없는 어린아이구만.

남궁혁은 키득키득 웃음이 나오려는 것을 참으며 고개를 끄덕였다.

"그게 진품인지 가품인지는 어떻게 알죠?"

"그걸 보고 오행신공을 연구한 내가 이렇게 살아 있는 걸로 충분한 거 아닙니까?"

제갈화천은 또다시 남궁혁의 말에 고개를 끄덕였다.

이전 생과 현 생을 합쳐 일 갑자를 넘게 살다 보면 아무리 똑똑하다 할지라도 아직 열두 살 밖에 안 먹은 꼬맹이 하나는 능히 상대할 수 있는 법이다.

"제갈강렬의 의서, 보고 싶습니까?"

남궁혁의 말에 제갈화천이 고개를 빠르게 끄덕였다. 혹시라도 남궁혁이 말을 바꿀까 봐 굉장히 다급한 태도였다.

제갈강렬의 의서가 생각한 것보다 상당한 가치를 가진다는 의미였다.

"그러면 이렇게 하죠. 기린각 아래 제갈 공자가 만들어 둔 심처를 구경하게 해 주면 제갈강렬의 의서를 보여 드릴게요."

"좋아요. 따라오세요."

제갈화천은 냉큼 아까 그가 나왔던 구멍 쪽으로 향했다. 남궁혁도 그 뒤를 따라갔다.

지붕의 구멍 아래로 내려가자 좁은 벽 틈 사이의 공간이 나타났다.

그들은 좁고 긴 복도를 한참 지나가다가 계단을 내려가

고, 또다시 복도를 지나가고 계단을 내려가는 걸 반복했다.

"대체 이 비밀 통로는 어떻게 만든 겁니까?"

"내가 만든 게 아니에요. 기존에 이 건물이 만들던 비밀 통로를 살짝 손봤을 뿐이지. 원래도 복잡하게 만들어서 여기 건물 쓰는 사람들도 뭐가 바뀌었는지 잘 모를 것 같더라고요."

남궁혁은 제갈화천의 말을 귀 기울여 들었다.

이 모든 것이 지남각을 재공사하는 데 큰 도움이 될 테니까.

마침내 다섯 개의 층을 다 내려온 후, 제갈화천은 바닥에 있는 통로를 열었다.

"여기서부터는 내가 만든 거예요."

무척 뿌듯해 보이는 얼굴로 제갈화천이 먼저 지하로 들어갔다.

뒤이어 남궁혁도 제갈화천을 따라 계단을 내려갔다.

'어?'

계단의 끝에서 남궁혁은 주변을 두리번거렸다.

갑자기 대기가 달라졌다. 지하니까 공기가 달라졌다고 느낄 수도 있겠지만, 갑자기 위와는 전혀 다른 세상이 된 것 같았다.

혹시나 하는 마음에 계단 하나를 다시 올라가니 또 기분이 달랐다.

고작 계단 하나 차이로 위쪽과 아래가 단절된 느낌이 났다.

"설마…… 이래서 내 감각을 피할 수 있었던 건가?"

남궁혁은 신기하다는 듯 제갈화천이 만들어 둔 은신처를 살폈다.

나무로 기둥을 세우고 바닥과 벽을 반듯한 돌로 마감한 이 심처는 굵은 정으로 파낸 특이한 진이 새겨져 있었다.

"제갈세가가 백 년의 세월을 공들여 만든 태극이공진(太極異空陳)이죠. 여기 들어와서 문을 닫고 있으면 제아무리 현경의 고수라도 기척을 느낄 수 없어요."

제갈화천이 자부심 어린 목소리로 한껏 자랑을 늘어놓았다.

태극이공진이 펼쳐진 은신처의 내부는 약 오십 명 정도 수용할 수 있을 정도로 꽤 넓었다.

비상시에 식솔들을 대피시키는 곳으로 유용하게 쓸 수 있을 것 같았다.

"여기 새겨진 진법이 이 공간을 완벽한 우주로 만드는 거군요. 동시에 바깥세상과의 반탄력을 상쇄하는 거고."

남궁혁이 진법을 훑어보며 그 묘리를 술술 설명하자 제

갈화천의 입이 떡 벌어졌다.

제갈가의 핏줄이라면 응당 배우게 되는 것이 이 태극이 공진이라지만, 이 산골 무지렁이 같은 대장장이가 힐끗 보고 그 원리를 깨우치다니?!

"별 건 아니에요. 내 수준으로도 꿰뚫어 볼 수 없고, 지하인데도 공기가 잘 통하며 기의 흐름이 안정되어 있길래 추측해 본 것뿐이니까."

그러나 남궁혁을 보는 제갈화천의 눈빛은 확실히 달라져 있었다.

어리긴 하나 그도 제갈세가의 일원. 그중에서도 소가주로서 걸음마를 뗄 떼부터 수많은 교육을 받아 온 그다.

처음에는 반신반의했으나 이제는 확신할 수 있었다. 천자가 와도 제갈세가를 쉽게 떠나지 않을 누님이 왜 이 남자를 따르기로 했는지.

남궁혁. 이 남자에게는 뛰어난 지성이나 압도적인 무력과는 다른 힘이 존재했다.

마치 이 세상을 감싸고 있는 기운처럼 자연스러우나 동시에 모든 것을 그 법칙 하에 두고 있는 느낌. 바로 자연이 그에게 있었다.

"이 은신처는 조금 손봐서 남궁장인가가 쓸 수 있게 만들어 드릴게요."

"멋대로 세가를 들쑤셔 놨는데 그 정도는 당연하죠. 자, 이제 의서를 보러 갈까요?"

제갈화천은 이번에도 기선을 잡는 데 실패했다.

선심을 쓰려던 것이 당연한 보상이 되자 제갈화천은 쓴 웃음을 지우지 못한 채 남궁혁을 따라 지남각을 빠져나왔다.

두 사람은 곧바로 남궁혁의 처소로 향했다. 남궁혁은 그를 잠깐 정원에서 기다리게 한 다음, 곧바로 제갈강렬의 의서를 챙겨 밖으로 나왔다.

"자, 이게 제갈강렬이 쓴 의서예요."

남궁혁은 순순히 의서를 건네주었다. 어차피 그 안에 있는 내용은 다 외운지 오래였으니까 별로 미련도 없었다.

저걸 받았으니 지남각 아래 있는 은신처도 더 공들여 손 봐 줄 테고.

하지만 이렇게 제갈화천을 보내기는 좀 아쉬웠다.

제갈화영에 비해 지재는 다소 부족하다는 평을 받는 제갈화천이지만, 기관진식에 대해서는 그야말로 기재라 평가받는 소년이 아닌가.

기관진식의 전문가는 제갈가를 빼놓고는 평생에 한 번 만나기도 어려운 존재였다.

게다가 그의 입으로 직접 남궁장인가는 기관을 통한 방

비가 부족하다고 말해 주기까지 했으니, 남궁혁은 이 기회를 놓치고 싶지 않았다.

"제갈 공자. 그 책은 천기 선생께서 다양한 함의를 담아 저술하신 책 같은데, 이렇게 길바닥에서 펼쳐 놓고 보기엔 집중이 잘 안 될 것 같은데요?"

"아, 그것도 그러네요. 조용한 데서 집중해서 보고 싶은데."

말은 그렇게 하면서도 제갈화천은 펼쳐 놓은 책을 덮을 줄을 몰랐다.

눈이 초롱초롱한 것이 빨리 종조부의 책을 해석해 보고 싶어 안달이 난 모양이었다.

"그것도 그렇고 오행신공의 해기를 풀어낸 것도 궁금한데요. 혹시 한동안 남궁장인가에 머물러도 실례가 되지 않을까요?"

물론 거절은 염두에 두지 않은 부탁이었다. 제갈세가의 소가주가 머물겠다는데 이 기회를 놓칠 멍청이가 어디 있겠는가.

그러나 여기는 남궁장인가였다. 일하지 않는 자, 먹지도 자지도 못하는 곳.

"글쎄요. 잠시 머물 곳을 마련해 드리는 정도라면 문제가 없습니다만, 오행신공의 해기를 풀어낸 것을 논하는 건 그냥은 안 될 것 같은데요."

"그러면요?"

남궁혁은 자신을 올려다보는 또랑또랑한 제갈화천의 눈을 바라보았다.

팔대세가에서 당당히 한 자리를 차지하고 있는 유서 깊은 가문의 도련님은 뭔가를 얻기 위해 뭔가를 내주어야 한다는 진리를 알고 있을까?

"거래를 하도록 하죠."

"거래요?"

"나는 제갈 공자께 내가 오행신공을 익히면서 깨달은 오의와 해기를 파하는 방법을, 그리고 제갈강렬 대협의 의서를 공부하고 응용하며 얻은 지식들을 알려 드리겠습니다. 대신, 남궁장인가에 기관진식을 설치해 주세요."

"지금 제갈세가의 사람인 나에게 기관진식을 설치해 달라고요?"

제갈화천은 어처구니가 없다는 듯 헛웃음을 터트렸다.

그 말인즉, 제갈세가 비전의 기관진식을 깔아 달라는 게 아닌가.

물론 제갈화천이 비전만 알고 있는 건 아니었지만, 기관을 깔다 보면 어쩔 수 없이 자신이 아는 비법이 스며들어 가기 마련이었다.

"별로 손해 보는 거래는 아닐 텐데요? 몸이 산산이 분해될 위험을 감수하면서 오행신공의 잘못된 구결을 파악하려고 시도하는 것보단 낫잖아요."

남궁혁의 말도 옳았다. 특히 오행신공은 제갈화천에게는 역대급의 과제라고 할 수 있는 무공이었으니까.

남궁혁은 제갈화천의 호기심을 아주 제대로 자극한 셈이었다.

"참고로 저는 개방의 구 장로님과도 거래를 통해 원하는 걸 얻어 낸 사람입니다. 섬서 구석에서 망치만 두드리는 대장장이라고 우습게 보면 곤란해요."

남궁혁이 말을 마치자 제갈화천의 머리가 빠르게 돌아갔다.

어느 쪽이 자신에게 유리할까를 재 보는 것이다. 남궁혁의 말마따나 이건 어느 한쪽이 압도적인 재미를 보는 일이 아니었다.

문자 그대로 동등한 거래다.

사실 기관진식을 설치해 주는 것이야 제갈화천에게는 그리 어려운 일이 아니었다.

물론 멋대로 제갈세가의 기술을 외부에 사용했다고 세가 어르신들께 혼이 날 수 있겠지만 종조부의 의서를 가져왔다고 한다면 충분히 상쇄될 수준이었다.

게다가 조만간 이곳에 누님이 온다. 누님께 이 제갈화천이 얼마만큼 실력을 갈고 닦았는지 보여드릴 수 있는 절호의 기회가 아닌가.

개인적인 이유가 덧붙여지자 제갈화천의 마음속 추가 점점 기울었다.

"좋아요, 거래하죠!"

제갈화천이 그 작은 손을 당당하게 내밀었다. 남궁혁은 피식 웃으면서 그 손을 잡아 흔들었다.

제갈화천이 남궁혁과의 거래를 승낙한 이후, 남궁장인가의 별채에는 제갈화천의 숙소가 마련됐다.

대내적으로는 제갈화영이 남궁장인가에 책사로 오기 전, 제갈세가에서 인사를 위해 온 것으로 소개됐다.

남궁혁을 습격한 암기를 설치한 장본인이라고 했다가는 눈에 불을 켠 기린대가 무슨 짓을 저지를지 모를 일이었다.

물론 기린대의 실력은 대주가 절정을 넘어선 상태에 불과했기에 제갈세가의 소가주인 제갈화천을 건드릴 수 있는 수준이 되지 못했지만.

동시에 제갈화천은 식객의 신분으로 남궁장인가에 머물기 시작했다.

그는 낮에는 남궁혁, 민도영과 함께 남궁장인가의 조감도를 분해, 재조립하며 기관진식의 구조를 짰고 밤이면 남궁혁과 오행신공에 대해 논의를 거듭했다.

처음에는 다소 건성이던 제갈화천은 기관진식의 배치가 본격적인 궤도에 올라가자 신이 나서 요구하지 않았던 기관까지 설치해 주는 등 작업에 열을 올렸다.

지켜보던 남궁혁이 이렇게까지 해 줘도 되냐고 물어볼 정도였다.

한창 내원 쪽의 기관진식 설치를 관리 감독하던 제갈화천은 남궁혁의 물음에 별걸 다 묻는다는 얼굴로 답했다.

"세가 내에서는 이렇게 대규모로 기관을 설치해 볼 일이 없으니까요."

"제갈세가는 기관진식의 천국 아닙니까?"

남궁혁이 의아해 물었다.

정원에 심겨진 나무 하나도 허투루 심지 않는다는 제갈세가가 아닌가. 그런 데서 대규모로 기관을 설치할 일이 없다니.

"그야 옛 조상님들이 빽빽하게 설치해 둔 덕분이죠. 우리 세대는 약간씩 손보는 거 빼곤 할 일이 없거든요. 아, 내친김에 후원 쪽도 좀 만져 봐도 돼요?"

물론 안 될 거야 없었다. 제갈화천의 흥이 가시기 전에 그를 부추겨 더 많은 수확을 얻을 수 있으면 남궁혁으로서는 좋은 일이니까.

총 두 달의 공사 기간 동안 남궁장인가는 또 많은 변화를 꾀했다.

물론 겉으로 보기에는 거의 달라진 게 없었다.

남궁혁이 가장 먼저 제갈화천에게 요구한 것은 경보 장치였다.

남궁장인가가 보유한 무사의 수가 벌써 삼백여명에 달하지만 이렇게 많은 숫자로도 구멍은 생기기 마련이었다.

당장 제갈화천부터 당당히 들어와 제멋대로 비밀 공간까지 만들지 않았던가.

제갈화천은 자신이 세가에 침투할 때의 경험을 살려 이곳저곳에 경보 장치를 설치해 주었다.

또한 안채 쪽에는 여러 개의 비밀 통로와 광산 쪽으로 통하는 탈출구도 설치했다.

만약 이 통로 쪽으로 못 빠져나갈 경우 시간을 벌기 위해서 제갈화천이 만들어 둔 태극이공진의 심처로 숨어들수 있는 통로도 마련해 두었다.

이외에도 남궁혁을 공격했던 것 같은 함정 장치도 여럿설치되었다.

물론 살상력은 남궁혁을 공격했던 것의 배 이상이었다.

특히 가장 많은 변화를 보인 것은 단순히 장식 이상의 의미를 지니지 못했던 세 개의 정원이었다.

내원과 후원 사이사이에 있는 정원은 제갈화천의 손에 의해서 완벽한 방어용 진법으로 변화를 꾀했다.

물론 겉으로 보면 그저 아름다운 정원에 불과했지만.

첫 번째 정원은 기암괴석을 잔뜩 늘어놓은 정원으로, 진법을 발동시키면 이 안에 들어온 이들은 꼼짝없이 길을 잃은 채 정원에 갇혀 버리게 된다.

과거 촉의 제갈량이 적을 섬멸할 때 사용했던 팔괘진의 일종이었다.

이 정원은 본원에서 내원으로 향하는 길에 있어서 이 진을 설치하기에 아주 적절한 조건을 갖추고 있었다.

물론 그 천재 군사가 세상에 난 후 시간이 상당히 흘렀기 때문에, 제갈세가의 팔괘진은 상당한 보완이 되어 있었다.

단순히 방어용 목적을 넘어서 평소에는 자연의 기를 축적하는 형태로 구축, 내가 수련을 하기 좋은 정원으로 만들어 둔 것이다.

말하자면 남궁혁이 기연을 얻었던 환귀곡을 인공적으로 만든 셈이었다.

물론 환귀곡에 모인 진기와는 비교할 수 없지만.

내공 수련을 하기에 좋은 공간을 마련한 데 더불어, 평소 무인들이 수련을 하는 공간에 팔괘진이 펼쳐져 있을 거라고는 생각하지 못한다는 심리적 함정까지 펼칠 수 있어 더없이 좋은 진법이었다.

　두 번째 정원은 그저 평범한 장원의 정원처럼 생겼다.

　다양한 높이의 통나무들이 복잡하게 배치되어 있는 점이 특이하다면 특이한 점이었다.

　이 통나무들은 소수의 인원으로도 다수의 적을 물리칠 수 있게 만들어진 진법 배치의 일종이었다.

　다섯이서 한 조를 이뤄 높이별 통나무를 오가며 적을 막을 수 있는 구조로, 허공으로 날아올라 가려고 해도 높은 높이의 통나무가 오행진을 펼치고 있어 능히 막아 낼 수 있었다.

　정원의 위치가 정문에서 가장 가까운 만큼 적절한 선택이었다.

　마지막 정원은 이곳 중원의 북쪽에서는 보기 힘든 덩굴 식물들로 가득 차 있었다.

　이 정원은 보통 세가 내에서는 후원이라고 불리며 남궁혁의 가족들과 대장장이들이 있는 세가 가장 뒷부분에 위치해 있었다.

　때문에 무공이 가장 약한 그들이 유사시에 몸을 숨길 수 있는 곳으로 만들었다.

진법을 발동시키면 덩굴식물들이 마치 의지를 가진 것처럼 움직이며 복잡하게 길을 얽어 버린다.

그냥 다 잘라내면 될 것 같지만 이곳에 심긴 덩굴식물은 단순한 식물이 아니라, 검기를 흡수하는 특징을 가진 소마귀풀이었다.

원래대로라면 무림 금초(禁草)로 지정되어 이제는 마교에서나 찾아볼 수 있는 풀이다.

왜냐면 이 소마귀풀은 단순히 검기만을 빨아들이는 것이 아니라, 검기를 사용하는 자를 붙잡아 그 내기까지 전부 빨아먹기 때문이다.

이 위험성 때문에 무림맹에서는 문자 그대로 전 무림의 소마귀풀의 삭초제근을 단행한 적도 있었다.

그런 것을 개방을 통해 겨우겨우 씨앗을 구한 남궁혁은 오직 무공이 약한 가족들을 지키기 위해서만 사용한다는 조건 하에 마당에 심었다.

구걸이 남궁혁의 심성을 믿기에 가능한 일이었다.

제갈화천은 제갈가주조차 소마귀풀을 구하지 못해 이론으로만 남아 있던 소마귀진을 제 손으로 만들어 볼 수 있다는 사실에 신이 나서 이 사실을 함구하기로 단단히 약속을 했다.

세 개의 진법이 전부 방어에 특화되어 있는 것은 앞으로 있을 마교와의 전쟁을 대비한 남궁혁의 안배였다.

자신을 비롯해 기린대 등 무력을 사용할 수 있는 이들은 괜찮지만, 남궁장인가는 대장장이 문파다보니 위력적인 무공을 사용할 수 있는 이들이 극히 드무니까.

마교 뿐만 아니라 다른 문파와의 갈등도 염두에 두어야 했다. 벌써 몇 개나 되는 문파들과 알력을 빚지 않았던가.

이번 남궁혁의 외유는 사실 운이 좋았다.

살수를 보냈던 풍검문이 남궁혁이 아니라 남궁장인가를 노렸다면? 생각만 해도 가슴 한구석이 섬뜩했다.

"소가주?"

남궁혁과 함께 한창 공사가 진행 중인 정원을 돌아보던 민도영이 말을 걸었다.

"아, 미안해요. 잠시 딴생각을 하고 있었어요."

"그러시군요."

전과 달리 민도영은 딱히 캐묻지 않았다. 나름 거리를 두고 자숙하는 것이다.

남궁혁에게서 제갈화천의 의도와 그 이후의 일까지를 소상히 듣기는 했지만, 민도영은 자책하는 걸 그만둘 수 없었다.

제갈화천은 남궁혁을 시험하는 것에 그쳤지만, 그게 다

른 살수였다면 거기서 그치지 않았을 것이다.

제갈화천이 세가 내에 그런 일을 벌였다는 것 자체가 총관인 민도영에게는 수치 그 자체였다.

때문에 민도영이 제갈화천을 보는 시선은 썩 곱지 않았다.

아직 어린 데다가 세가의 후계자로 떠받들리며 자란 제갈화천은 아직도 민도영이 자신에게 불편한 티를 풀풀 내는 이유를 모르겠다며 투덜거렸다.

"한동안 세가 밖을 나돌아 다녔으니, 이제는 세가 내를 제대로 정비해야 할 것 같아요."

"소가주의 말씀이 맞습니다."

민도영은 기뻐하는 티를 내지 않으려 애쓰며 최대한 덤덤하게 말했다.

"기린대는 내가 직접 수련을 이끌 거예요. 이참에 열 명 정도는 초절정의 벽을 깨게 만들어야지."

현재 기린대의 실력은 애매했다.

남궁장인가 내부에서 고르고 고른 실력자들로 꾸린 무력단체지만 가장 실력이 뛰어난 대주 양명도 절정일 뿐이었다.

물론 대문파에 받아들여지지 못한 자질이나 이 빠진 속가 무도원의 무공을 배운 이들로서는 이것도 엄청난 성취긴 했다.

특히 양명의 경우 남궁장인가에 처음 들어왔을 때 겨우 절정을 간신히 막 넘긴 상태였는데 벌써 그만큼 경지를 끌어 올렸다.

대주의 무공에 대한 열의가 대단하니 대원들 또한 그랬고, 기린원에서 그런 일이 있었음에도 기린대는 장소를 옮겨 수련을 계속했다.

그때의 일이 그들의 열정에 더 불을 붙인 모양이었다.

의지가 있고 열의가 있는 부하들이니 좋은 지도만 따라 주면 실력을 올리는 것은 어렵지 않을 터, 남궁혁은 기린대에 대해서는 크게 걱정하지 않았다.

"문제는 장인들이네요."

"장인 분들 말입니까?"

남궁혁의 말에 민도영이 되물었다. 지금까지 공방은 큰 문제없이 잘 굴러가고 있었다.

공방부의 장을 맡은 남궁규원이 중심을 잡고 곽노가 받쳐 주니 문제가 있을 이유가 없었다.

굳이 없는 문제를 만들자면 남궁장인가에 몰려드는 주문이 장인의 수에 비해 너무 많다는 점일까.

"주문이 많기는 하지만 총관부에서 적절히 일감을 배분해 나눠 드리고 있으니 큰 문제는 없을 것 같습니다만……."

"그게 문제예요. 우리는 대장장이로 시작한 문파입니다. 세가의 규모가 커졌으니 공방에서 생산해 내는 질과 양도 향상되어야죠."

"그렇군요. 소가주의 말이 옳습니다."

무림세가의 성격을 띠긴 했지만 남궁혁은 남궁장인가의 본질을 바꿀 생각이 없었다.

이곳은 남궁장인가다. 장인이 중심이 된 문파. 무력은 오로지 장인들이 만든 무기를 바른 길에 쓰이도록 방향을 잡는 데 쓸 뿐이다.

"실력 있는 장인들을 모집한다고 공고를 내 주세요. 이제 우리도 꽤나 명성을 얻었으니 지난번보다는 모집이 수월할 거예요. 장원도 확장했으니 열댓 명 정도는 수용할 수 있을 거고."

"예, 곧 개방과 흑점을 통해 공고를 내도록 하겠습니다."

"그리고 또 문제가 있어요."

또? 민도영은 심장이 덜컥 내려앉았다.

지금까지야 충분히 검토할 만한 이유가 있는 사안들이었다.

그러나 민도영이 생각하기에 더 이상 문제라고 부를 만

한 부분은 없었다.

자신이 뭘 또 잘못한 걸까. 민도영은 두 손을 매만졌다. 긴장할 때의 버릇이었다.

거듭된 실수로도 모자라 남궁혁이 이렇게 단호하게 말할 정도의 문제도 눈치채지 못하다니. 총관으로서는 실격이었다.

갑자기 한림원에서 쫓겨나다시피 나와야 했을 때가 머릿속을 스치고 지나갔다.

처음 한림원에 들어갔을 때, 민도영은 주변의 그 누구와도 비교할 수 없을 정도로 우수한 인재였다.

그러나 황실 사상 최초의 여자 관리라는 사실에 대한 중압감과 주변의 시선 때문에 점차 실수가 늘었다.

때문에 결국 여자는 어쩔 수 없다는 말과 함께 낙향해야 했을 때, 민도영이 얼마나 좌절했던가.

매만지는 손에는 긴장으로 인해 땀이 축축이 배어 나왔다.

남궁혁이 말하는 문제가 설마 자신이 아닐까. 그렇게 생각하자 가슴이 옥죄어 왔다.

타당한 얘기였다. 제갈화천의 침입을 몰랐고, 소가주가 세가 한복판에서 습격을 당했는데도 그 흉수를 빨리 추려 내지 못했다.

남궁혁이 세가를 전적으로 맡긴 신뢰를 저버린 것이다.

남궁장인가로 와서 민도영은 정말 꿈같은 시간들을 보냈다.

남궁혁은 그녀를 대할 때 예의를 다했고, 언제나 그녀의 의견과 일을 존중해 주었다.

그뿐인가. 존중을 넘어서 전적으로 신뢰했다. 황실에서 그녀를 귀히 여겨 한림원에 넣어 주었던 황족도 그녀에게 이 정도의 신뢰를 보여 주진 않았다.

소가주 남궁혁을 비롯해 가주와 가모도 그녀를 아꼈으며, 소가주의 제자들은 사랑스러웠다.

우락부락한 장인들도 모두 민도영의 말을 따랐고 무인들도 그녀가 여자라 하여 얕보는 일 따윈 없었다.

남궁혁이 그러지 않도록 단단히 주의를 주었기 때문이기도 했지만, 모두들 민도영이 세가에 얼마나 공헌을 하는지 잘 알고 있기 때문이기도 했다.

그만큼 남궁장인가는 민도영에게 집이자 삶이었고, 자부심이며 전부였다.

이곳에서 보낸 시간이 그녀의 인생에서 가장 보람찬 순간이었다.

모든 책임을 지고 총관 직에서 물러나 남궁장인가를 떠나게 된다면, 그 이후의 삶은 과연 사는 것 같을까.

당장이라도 눈물이 흐를 것 같아 민도영은 주먹을 꽉 쥐었다.

남궁혁은 그런 민도영의 얼굴을 보면서 나직이 입을 열었다.

"총관 말이에요. 그 문제 때문에 내가 요새 머리가 아파요."

역시 올 것이 왔다. 민도영은 입술을 깨물었다.

총관이 아닌 다른 직책으로라도 세가에 남을 수는 없을까. 하다못해 침모(針母)라도 좋았다.

이제 이곳을 떠난 삶은 민도영으로서는 상상할 수 없었다.

"지난번 일 때문에 우리 총관이 너무 풀이 죽어 있어서 세가 내에 원성이 자자하다고요."

"……네?"

그러나 남궁혁의 입에서는 전혀 의외의 말이 튀어나왔다.

남궁혁은 싱긋 웃으며 민도영의 어깨를 토닥였다.

"제갈 공자의 일로 많이 상심한 거 알아요. 벌은 그거면 됐어요. 우리 민 총관이 두 번 실수할 사람도 아니고."

"소가주……."

다정하기 그지없는 말에 민도영의 눈시울이 촉촉이 젖어

갔다.

"사람은 누구나 실수를 하는 법이잖아요? 게다가 이번 일은 어쩔 수 없던 일이고. 그러니까 너무 자책하지 말아요."

"감……감사합니다……."

"설마 내가 이 일 때문에 민 총관을 내칠 거라고 생각한 건 아니죠? 말도 안 돼. 우리는 민 총관 없으면 안 된다고요."

그 말에 결국 민도영은 눈물을 후두둑 떨구고 말았다. 늘 그렇게 생각해 왔지만 남궁혁의 말로 다시금 확인받은 기분이었다.

이곳 남궁장인가야말로 민도영이 살아가는 터전이요, 집이라는 것을.

성도 다르고 피 한 방울 섞이지 않은 이곳의 사람들이 그녀의 가족이라는 것을.

남궁혁은 눈물을 멈추지 않는 민도영의 눈가를 소매로 훔쳐 주었다.

"내가 생각해 봤는데, 그간 민 총관 일이 너무 많았던 거 같아요. 세가에 오고 나서는 이 근방을 떠난 적이 한 번도 없죠? 이번에 재료 구하러 화음 근처에 갈 일이 있는데. 가벼운 여행 겸 같이 갈래요?"

배려가 가득한 목소리와 외간 여인을 대하는 예의에 어긋나지 않는 위로의 몸짓에 민도영은 울다 웃었다.

그녀는 고개를 끄덕이며, 이 다정하고 성실한 사람을 주군으로 모시게 된 것에 감사하고, 또한 연모하게 된 것을 진심으로 다행이라 여겼다.

〈다음 권에 계속〉

반생학사

소유현 신무협 장편소설

ORIENTAL FANTASY STORY & ADVENTURE

「학사귀환」, 「학사무경」의 작가 소유현
그가 풀어내는 또 하나의 학사 이야기!

시험에 낙방 후, 무한히 반복되는 시간의 굴레에 갇혔다.
감옥과도 같은 무한회귀 속에서 벗어나야 한다!

dream books
드림북스

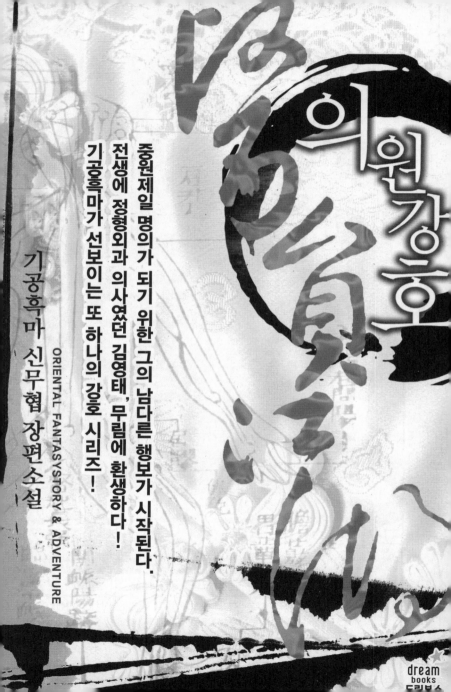

의원강호

중원제일 명의가 되기 위한 그의 남다른 행보가 시작된다.

전생에 정형외과 의사였던 김영태, 무림에 환생하다!

기공흑마가 선보이는 또 하나의 강호 시리즈!

기공흑마 신무협 장편소설

ORIENTAL FANTASY STORY & ADVENTURE

dream books
도림북스

양인산 신무협 장편소설
ORIENTAL FANTASYSTORY & ADVENTURE

장인전생

이름 없는 대장간 대장장이에서
천하제일의 명장이 되는 그 날까지.

보아라! 이것이 바로 진정한 명장(名匠)이다!

dream
books
드림북스